THE MAD
APPRENTICE
THE FORBIDDEN LIBRARY

禁忌圖書館

THE FORBIDDEN LIBRARY
THE MAD APPRENTICE

Ⅱ 幻變迷宮

Django Wexler
謙柯・韋斯樂

謝靜雯——譯

重要人物簡介

愛麗絲

本書女主角，在爸爸發生船難失蹤後被神秘的傑瑞恩伯伯收養，成為魔法學徒。頭腦聰明，陸續靠智取收服了許多魔法生物，是極具潛力的「讀者」。

傑瑞恩伯伯

自稱是愛麗絲遠親，頭頂全禿的白髮老人，已不知道活了多少歲，擁有一間碉堡般的圖書館和數不清的魔法書。

灰燼

外型是一隻灰色的貓，會說人話，據他的說法自己是半人半貓，住在傑瑞恩的圖書館裡，與愛麗絲一起經歷許多冒險。

終結

與灰燼一樣是隻會說話的貓，但身形巨大，神出鬼沒。灰燼稱她為「母親」，幫傑瑞恩管理圖書館。

水之伊掃

法力強大的老讀者，曾經派遣毒妖精維斯庇甸潛入傑瑞恩的圖書館，與愛麗絲的爸爸的失蹤似乎密切相關。

雅各

水之伊掃的學徒，謀殺自己的主人之後遭到「讀者」們的討伐，一頭棕髮糾結成一團，深邃暗沉的眼窩下有一雙藍眼。

折磨

外表是一隻深黑色的巨狼，擁有銳利的長牙、血色的寬舌、湛藍的雙眼，是負責守護伊掃圖書館的「迷陣魔」。會說人話，似乎與終結有血緣關係。

蓋瑞特

「讀者」討伐隊的一員，高大蒼白的青年。披著黑色絲質斗篷，能操縱削鐵如泥的「影刃」魔法劈開敵人。

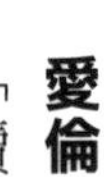

愛倫

「讀者」討伐隊的一員，與蓋瑞特年紀相當的金髮青少女。脾氣暴躁，常與蓋瑞特鬥嘴，能操縱光線攻擊敵人。

黛克西

「讀者」討伐隊的一員，與愛麗絲年紀相仿、皮膚黝黑的女孩，身著麻袋一般的袍子，具有占卜、感應危險的能力。

艾薩克

「讀者」討伐隊的一員，與愛麗絲一起經歷過《龍》的危機，總是穿著一件舊外套，能操縱冰、火的魔法能力和催眠效果的「賽壬」。

索拉娜

「讀者」討伐隊的一員，年紀比其他成員都要小，看起來弱不禁風、瘦骨嶙峋的女孩。能夠用魔法短暫隱藏自己，還能為他人療傷。

CONTENTS

獻給我年少時代養過的小狗——

Bunker 跟 Dexter

第一章　沼澤

沼澤悶熱潮濕，悄無聲息。有好長一段時間毫無動靜，只有霧氣像觸鬚一般四處探索，在爛泥上面嬉戲，在彎駝的樹木之間扭動。偶爾有蜻蜓振著水晶似的薄翼，飛掠過蘆葦。頭頂上方的太陽渾圓橙紅，動也不動，彷彿被釘死在淺藍色的天空。

接著，遠處傳來拔高嗓門的人聲，還有某人穿越林下灌叢的窸窣響。蜻蜓立刻散開，片刻之後，霧堤顫動起來，吐出一個女孩，她正小心翼翼沿著狀似堅實的窄地上前進。

她年約十二、三歲，穿著實用的長褲、搭配皮製背心，為了行動方便，頭髮往後紮起。她大汗淋漓，雀斑點點的蒼白臉頰被太陽曬紅，但眼神警戒，頻頻掃視周遭的樹木跟窪地。

有隻灰色小貓坐在她的肩頭，腳爪死命攀住她的背心，彷彿很怕摔下來。就貓能有的表情來說，這隻貓一副老大不高興。

女孩跟貓各叫愛麗絲跟「灰燼飄過世界之死城」（或簡稱灰燼）。他倆抵達小丘頂端時，愛麗絲停下腳步、緩緩轉圈，灰燼煩躁地甩動尾巴。貓咪終於率先打破兩人之間的尷尬沉默。

「我們來這裡幹嘛？」他說。

「要找某種怪獸。」愛麗絲說。主人傑瑞恩跟她說過怪獸的名稱，是某種複雜的拉丁名字，可是她沒記住。「我要跟牠對打，你明明知道。」

「我知道妳來這裡幹嘛，這裡就像妳這種人會來的地方，一片髒水、泥巴跟怪獸。我想知道的是，我為什麼非得來這裡不可，我畢竟有一半是貓啊，不用拉下身段做這種事才對。」

「你會來這裡，是因為你又跑到傑瑞恩主人的拖鞋裡『撒野』了。」愛麗絲說。

「他又沒證據。」灰燼說，尾巴鞭著她的頸背。

「有這種嫌疑的對象並不多。」她說。

「哼。」灰燼嗤之以鼻。

「傑瑞恩沒把你變成蟾蜍，你就該高興了。」

「要是他非送我來照顧妳不可，」貓說，「幹嘛一定要挑這麼……潮濕的地方？」

「你應該看看上個地方。」愛麗絲嘀咕。她不確定自己以後還有沒有勇氣再進游泳池。「現在安靜，我必須專心。」

前面一點的樹叢傳來窸窣聲，有個小生物現身了，看起來有點像沒翅膀的小鳥，橢圓身子靠著帶爪的雙腳保持平衡，尖尖的長嘴喙，外表是光滑的黑，不過身上是皮毛而不是羽毛。

牠叫簇仔，愛麗絲知道牠其實不是單一個別的生物，而是一大群存在體的一小部分，有如一隻螞蟻或大黃蜂。簇群是她束縛的第一個生物，當時她對「讀者」或魔法一無所知，卻無意間闖進了囚禁書。個別的簇仔幾乎算是可愛的，但她忘不了當初有幾百隻簇仔緊追著她，爪子在石地上踩得噠噠噠響，一面發出噬血呱嘓聲的情形。

既然盤據這本囚禁書的生物不是很配合，她現在就派出幾隻簇仔去偵察。經過勤加練習之後，她現在可以透過牠們的眼睛窺看，而不讓自己在現實中的身體摔倒，可是她對於同時應付一隻以上的簇仔還是不大得心應手。更糟的是，簇仔並不適合沼澤這種環境——牠們實際上比外表重多了，每次只要踩到水窪，就會像石頭一樣沉到底部，然後再手忙腳亂急著爬出來。

老實說，愛麗絲自己對沼澤也實在提不起勁。沼澤就像水跟土地莫名其妙混在一起，連乾燥的小地帶也鋪滿了厚厚黏黏的泥巴，無數的渠道跟淺塘表面都漂浮著雜草，模樣像土地，等她一踩，泥水卻會湧進靴子裡。雪上加霜的是，蚊子就快把她生吞活剝了，她每拍死一隻蚊子，曬傷的皮膚就一陣刺痛。

她一隻隻查看簇仔的偵察結果，牠們看到的除了雜草還是雜草，這就是身高只有一呎的壞處。這樣行不通的，她嘆口氣，啵一聲讓牠們消失了。

至少現在我可以專心處理蚊子的問題了。她腦海深處有幾條魔法線，通往受她束縛的生物。銀線是簇群的，深栗色線是樹精，深藍色線是她最新束縛的一個：這種滿嘴牙的大型生物（傑瑞恩稱之為惡魔魚），可以讓她在黑暗裡發光，或在水下自由呼吸。

這些線下方還有最後一條線，就在她內心最遠的邊緣上，蜷成一圈圈，是黑曜石般的深沉烏黑。那條線通往龍，但她每次召喚或下令，牠都頑固地不為所動。

愛麗絲在心裡用簇群的線繞住自己，讓肌膚變得有如簇仔那些小生物一樣堅韌，跟橡皮一樣富彈性，**下一隻咬到我的蟲子會很錯愕**。接著她睜開眼睛，皺眉環顧既惡臭又炎熱的沼澤。

「不對勁，」她說，「生物不應該**躲起來**的啊。每本囚禁書的生物都急著要打鬥。」

「搞不好這隻很害羞，」灰燼說，「也許我不應該跟妳一起來，牠可能因為我的大駕光臨被震懾住了，畢竟我是會讓人肅然起敬的。」他打了個哈欠。「對，可能就是這樣。妳乾脆把我留在那棵樹上吧，妳去忙妳的事，我可以乘機打個小盹。」

愛麗絲翻了個白眼。「你難道不能……聞一下牠在哪裡還是什麼的嗎？」

貓氣得豎起毛來。「我想妳一定把我誤會成什麼**獵犬**了。」

「別傻了，」愛麗絲說著便露出狡猾的笑容，「我只是想說，不管一隻蠢狗有能力幹嘛，你都能做得更好才對，畢竟你是半隻貓嘛。」

「我知道妳在打什麼鬼主意，沒用的，」灰燼說，「別以為妳可以引誘我上鉤。」

「好吧，好吧，反正我一直想問傑瑞恩，能不能讓我養隻狗。」

「小狗？」灰燼支支吾吾。

「也許養隻黃金獵犬吧，你們兩個在一起看起來會很可愛。我可以想像他用滿是口水的大舌頭，舔你臉的樣子——」

「好啦，好啦，」灰燼說，「也不用講得這麼陰森好嗎？」

「那你聞得到東西嘍？」

「在這堆爛泥裡？哪可能啊。」他抽動貓鬚，閉上雙眼，「不過，要是妳安靜一下，也許我可以聽到什麼。我們半貓的耳朵可靈了。」他一眼微微開了個縫，只是為了怒瞪著她。「比任何犬類高明多了。」

愛麗絲壓下吃吃笑的衝動，默默佇立。灰燼的耳朵抽動、旋轉，好似迷你探照燈。最後他舉起一掌，指出了方向。

「我不知道那是不是我們在找的東西，」他說，「可是我聽得到有個大東西在呼吸，在那個方向。」

「可能是，」愛麗絲說，「囚禁書裡除了囚犯以外，似乎都沒什麼生物。」不過，這本囚禁書裡為什麼有蚊子，愛麗絲實在想不通。她朝灰燼指出來的方向，放眼眺望小山丘，往前每走一步，都先伸出腳尖探探路，確定可以站得穩。隨著每個步伐，泥濘吸著她的雙腳，可是幸運的是，傑瑞恩給她一雙品質很好的皮靴，要是穿她一般的鞋子，早就在泥沼裡弄不見了。

她走到小溪邊，那是一條深度更深、水流更急的溝渠，穿梭於爛泥之間。上頭湊巧有兩塊岩石，方便她踩著越過小溪。前方的植物長得更高更密，形成難以穿透的密叢。愛麗絲瞥瞥灰燼，他朝那個方向點點頭。

「我什麼也沒看到啊。」她說。

「牠就在裡頭的某個地方。」

「你確定？」

貓只是傲慢地悶哼一聲。愛麗絲嘆口氣，為了自保，她把裹住自己的簇群線稍微拉得更緊，然後悄悄往前走。

裡頭確實有東西，就在蜷曲的枝椏深處。那是個暗色扎實的團塊，就像圓丘狀的石塊，可是牠正盯著她看。她側身小步走著，看到那個形體微微動了一下。

「我看到了，」愛麗絲說，「抓好了。」

灰燼懶得回答，但爪子就像小小針尖抵著愛麗絲的肌膚，隔著背心也感覺得到。她又往前跨出一步，再一步，那隻半隱半現的生物一移動，她就打住腳步。牠發出低沉的突突聲，彷彿汽車引擎準備發動似的。

接著，牠突然有了動作，從密叢暴衝出來，狂急的動作讓身影模糊成一片——愛麗絲沒料到牠動作如此飛快。感覺是某種灰色結實的東西，腿部動作狂亂，邪惡尖銳的頭角直直瞄準她而來。

一年前的愛麗絲可能會驚慌失措，因為那時的她只在書裡或是動物園的安全柵欄後面看過兇猛生物。可是那個愛麗絲已經不存在了。現在這個愛麗絲不僅長了一歲，擔任讀者的學徒也有半年時間。身為學徒，她曾經受到擠壓、溺水、凍傷、差點丟掉小命的經驗數都數不清了，要比撲襲而來的怪獸再高幾倍的挑戰，才可能攪得她心慌意亂。

不過，這並不代表她會傻傻承受，她拖到最後一刻才往旁邊閃開，讓那個生物來不及調整路線。那個生物意識到自己錯過目標時，花了點時間才慢下動作，在泥濘裡激烈打滑，濺起一陣塵土跟小石之後才停下來。

現在終於有機會好好把牠看清楚了，原來是隻恐龍，身型不是很大，肩膀只比愛麗絲的腦袋高一點，眼睛跟她的視線齊平。粗糙的體表凹凸不平，四條腿粗短有力，腳板有如象腳般寬闊平扁。短短的尾巴來回甩動，好似興奮的狗兒。牠有一雙小小圓圓的黑眼睛跟小鳥般的嘴喙，不過，最醒目的還是從牠腦袋開始往後延伸的巨型頭冠，那裡長出了往前突伸的四根蜷曲長角。這隻生物全身大多是暗灰色，但頭角在尾端褪成純白色，角尖看起來非常銳利。

牠一腳刨抓地面，讓愛麗絲聯想到準備發動攻擊的公牛。她緩緩站起身，把長褲上的幾塊泥撥掉。

「好了，」她說，「現在我們知道要對付的是什麼了，你還好嗎？」

一陣沉默。愛麗絲明顯感覺到肩上的負荷消失了。

「灰燼？」她緊盯恐龍的眼睛，等牠採取行動，「你在哪？」

「這邊。」貓發出聲音，語調比平日高亢一些。

「哪裡？」

「**這裡**。」

愛麗絲終於看到他了。生物的粗糙灰皮膚上有個突起物動了起來，原來是死命攀在上頭的小灰貓，全身貓毛直豎，尾巴像旗幟般舉得筆直。

「你怎麼跑到**那裡**去的？」

「我也不大確定，」灰燼說，「我還以為妳可能會被壓扁，就趕緊『棄船』逃命，然後抓住可以攀住的第一樣東西。」

「你對我還『真有』信心啊。」愛麗絲說。

「我以為被壓扁是妳計畫中的一部分，」灰燼說，「妳總是可以想出最高明的計畫，現在可以麻煩妳**把我從這裡弄下來**嗎？」

愛麗絲往左跨一步，恐龍轉身面對她，依然刨著地面。她可以看到牠準備襲擊以前，後半身先緊繃起來。

「那個嘛……可能有點困難，」她說，「你不能自己跳下來嗎？」

「我寧可不要。」

「那樣的話，就抓緊吧。」

「妳永遠都有最高明的計畫——」

恐龍撲襲過來。灰燼的後腿一時打滑，為了留在原位，他死命扒抓，但貓爪在生物的厚皮上根本留不下任何痕跡。愛麗絲猜想，簇群跟針一般的嘴喙可能也起不了作用，索性繼續用簇群線緊緊裹住自己。她像鬥牛士一樣，再度往旁邊一跳，讓生物跟她擦身而過，埋頭闖入沼澤瘦樹糾纏不清的長枝椏。

愛麗絲在生物轉身以前，猛扯心裡那條樹精線，然後抓住一根枝椏，讓自己的力量透過枝椏延伸出去，進入了樹木主體。那是一棵看起來削瘦不幸的植物，在浸水的土壤跟流連不散的霧氣裡勉強生長，可是它回應了樹精的魔法，在愛麗絲的手裡活了過來。長長的細枝甩了出來，繞住恐龍，用綠意裹住牠粗壯的身軀。她引導枝椏包住灰燼，灰燼用牙齒咬著恐龍的頸背，好停留在原來的位置。

恐龍掙扎起來，擺動腦袋，用頭角劈斷枝椏，可是這棵樹就像植物化身而成的蜘蛛似的，往前傾身，用越來越多樹枝層層纏住恐龍。恐龍發出受挫的吼叫聲，吃力地轉身面向愛麗絲。這個生物力大無比，雖然這棵小小的沼澤樹可以把平凡人類的手腳都扯斷，可是恐龍一吋吋地費勁往前走，把枝椏拉到最遠的地步，好似扯緊牽繩的小狗，嘴喙一面東咬西啃。愛麗絲幾乎要替牠難過起來，牠這麼努力卻只能……原地踏步。

傳來一聲喀啦響，恐龍又寸步往前移了一呎。另一根枝椏被扯斷，發出潮濕的噼啪響，接著又有兩根斷裂。灰燼一直謹慎評估著跳到地上的可行性，這時又往後彈，繼續用四腳緊緊攀牢龍身。愛麗絲儘可能撤得更遠，但為了把恐龍扳倒在地，心神依然聚焦在那棵樹上，將所有的力量灌注進去，就為了把恐龍扳倒在地。

可是牠就快掙脫開來了。不管她抓得多緊，這頭小恐龍的耐力似乎永無止境。枝葉一根接一根，接著是一整叢，放棄了實力懸殊的掙扎，斷裂開來。等半數都不見之後，跟愛麗絲大腿一般粗的沼澤樹軀幹開始彎曲，接著發出槍響般的聲音，攔腰折斷，這頭生物恢復了自由。

「我想，該想別的計畫了！」灰燼吼道。

恐龍把斷得參差不齊的枝椏末端甩開，用那雙黝暗的小眼怒瞪愛麗絲。愛麗絲回瞪了片刻之後轉身就跑。

「妳在幹嘛啊？」灰燼喊道。

「思考！」愛麗絲回喊。

「想快點啊！」

枝椏劈打在她臉上，可是透過簇群而強韌起來的肌膚讓她感受不到衝擊。她更在乎的，是不要在滑不溜丟的泥濘地上摔倒。恐龍重重踩著腳步在後頭追趕，要是讓牠的頭角刺中，即使有橡皮般的肌膚也抵擋不住。

如果跑直線的話，愛麗絲在這場競跑裡毫無勝算。這頭有角怪獸儘管腿又粗又短，卻孔武有力，可以迅速加快速度；如果牠真的會累，從外表也看不出來。愛麗絲早已上氣不接下氣，只能縮起身子在矮叢跟樹幹之間鑽來竄去，勉強領先於前。她輕輕躍過窄水窪，嘩啦嘩啦涉水踩過大水灘。恐龍在她後方來回滑行，彷彿是一輛在結冰路面行駛的汽車，短腿濺起了陣陣黏糊糊的泥巴。

想快點。也許她可以讓一棵樹長大，讓樹變得巨大粗壯，足以逮住那頭怪獸，但那需要時間，而她缺的就是時間。況且，**灰燼可能會受傷，我需要更快的辦法——**

前方傳來流水的聲音。是她稍早之前跨越的溪流，是整片停滯微鹹的沼澤水域裡的一道清澈深渠。她一看到這條溪流，就壓低腦袋，猛地拔腿衝過幾棵樹木，恐龍依然緊追不捨。

愛麗絲一抵達溪岸，就跳了進去，對準一根倒木所積出來的大水塘，迫切希望不會被岩石撞斷腿。她狠狠撞上水面，這個聲響幾乎蓋掉灰燼哀怨的呼喊。

「噢，不，不，不，不，我不喜歡這個計畫！再努力想啊，愛——麗絲——」

接著她就在水下了。這條溪流暖得跟洗澡水似的，嚐起來有點硫磺跟土的味道。水塘只比愛麗絲的身高深一點，而且她沒料到穿著衣服游泳這麼困難。她勉強穿過那片水聲迴盪的幽暗裡，靜靜等待——

不久之後，恐龍尾隨她進水。她不確定這是不是恐龍自願的，不過牠速度的確快到來不及在泥濘地上打住腳步，所以不管牠的動機為何，最後還是掉進了溪流。牠拚

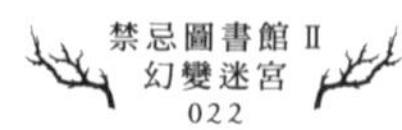

命揮甩扭身，距離她只有幾吋之遙，四周淨是攪成白水的細沫跟泡泡。

愛麗絲頭一次跟生物對戰時，曾想方設法把對方困在深水裡，直到溺斃為止。不過，她馬上就明白這回無法複製上次的勝利經驗。恐龍馬上翻正身子，跟簇仔不同的是，牠會游泳，即使只是笨拙的狗爬式。而溪流的深度跟寬度都沒辦法讓愛麗絲躲藏很久。

幸運的是，愛麗絲沒有躲藏的打算。她從那個第一晚以來，陸續學會了幾個招數，現在她向內心那條深藍線伸出觸角，通向了她最近征服的生物。她放開簇群線，用惡魔魚的線一次次捆住自己，直到牠的力量貫穿她全身，而她也開始變形。

她的形體轉變時，那個流動的瞬間讓她一時反胃，不過新身體的形狀接著穩定下來。她成了一隻外型邪惡的巨魚：扇形的寬尾巴，幾百顆銳利如針的牙齒，身側一組組鱗片散放著光，使得水塘成了夢魘般的詭異地方，陰影幢幢，閃動著古怪的綠光。不過，她一眼就能看到恐龍朝著岸邊游去的身影。變成魚的愛麗絲甩動尾巴，往前撲襲，嘴顎張得老大。

恐龍聽到她逼近的聲音，就垂下腦袋，頭角瞄準她，可是化身為魚的愛麗絲在水下靈活多了。她輕鬆閃過這頭笨拙的生物，朝牠的肩膀進攻，恐龍沒辦法把頭扭到那麼遠去咬她。惡魔魚的嘴顎力大無比，成千上百的利牙輕易咬透恐龍佈滿鱗片的粗糙表皮，直接咬到了肌肉。鮮血灌滿愛麗絲的嘴，如果她還是個小女孩，可能會想乾嘔，但對這條魚來說，這滋味美妙無比。

愛麗絲不像真魚那樣撕扯狂咬，而是用拉的。恐龍游起泳來很笨拙，雖然猛力揮甩四肢，卻還是抵抗不了那種拉力，被往下拖進了水塘中央，最後腦袋完全到了水下。她把恐龍壓制在那裡之後，除了等牠屈服什麼也不做。那個生物掙扎得越來越激烈，但愛麗絲只感覺到舒適溫暖的水，輕鬆地沖刷過她的魚鰓。

屈服吧，她對著恐龍拋出意念，將意志延伸出去。屈服吧，只要殺死囚犯，她就可以逃出囚禁書，可是除非逼不得已，否則她並不想殺死囚犯，即使對方只是個蠢笨的動物。她發現，連最笨的生物也懂得支配的概念。

最後，恐龍終於接收到這個訊息，她感覺得到牠的抵抗潰決了，牠靈魂的精髓捻搓成一條線，往外延伸，永遠跟她相繫相連。牠這麼做的時候，這個世界逐漸隱逝，囚禁書的魔法認定她已經完成任務，於是將她送回所來之處。

現實猛地湧回來，在那可怕的一瞬間，她溺水、噎住，在奇異陌生的環境裡狂亂翻騰。她連忙將惡魔魚的線解開。片刻之後，她又恢復了女孩的模樣，仰臥在地、急著換氣，泥水頻頻滴在傑瑞恩書房的地氈上。

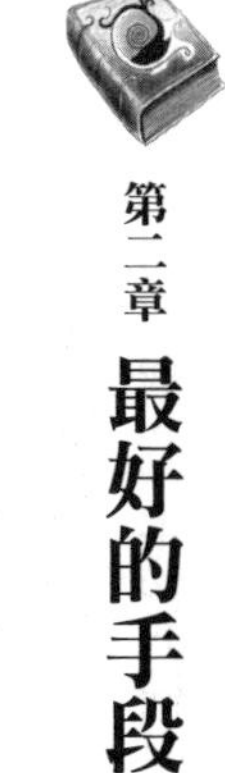

第二章 最好的手段

「表現得很好。」傑瑞恩說。他坐在書桌前寫著什麼，連頭也沒抬。

愛麗絲花了片刻理順呼吸之後，才能坐起身。剛剛變成魚，讓她的動作有點搖搖晃晃，必須集中精神才能想起該怎麼使用手腳。等她控制住自己的動作之後，傑瑞恩小心地把筆擱在一旁，轉過身來。

「妳還好嗎？」傑瑞恩的語調不帶一絲同情。乍看之下，他像個慈祥的老爺爺——沾了墨水的邋遢衣服，不受管束的灰髮、濃密凌亂的鬢角——只有眼睛露了餡。那雙眼睛黝黑、嚴厲、聰慧，永遠以師長之姿處於評判狀態。傑瑞恩之前幫過愛麗絲——其實應該說是「救過」她，讓她躲過妖精維斯庇甸，以及其他想綁架她的老讀者手下，可是每當她對上他的目光，她就想起他絕對不算是朋友。

「我還好，先生，」愛麗絲說，「只是有點喘不過氣。」她四下張望。「灰燼？你還好嗎？」

毫無回應。愛麗絲一時擔心起來，灰燼可能也跟著恐龍掉進了那條溪流，可是她把那個生物拖進水底時，就沒看到灰燼了。他一定逃走了，貓會游泳吧？

接著她聽到一聲長長的低吼，瞥見有個黝暗形體縮在扶手皮椅底下。愛麗絲彎身往椅下窺探，一隻貓掌揮了出來，差點擊中她的鼻子。

「愛麗絲！」灰燼怒嘶，火冒三丈，「為什麼我們每次出去探險，最後都會把我弄得一身濕？妳根本是故意的！」

「我當時想不出其他辦法啊，」愛麗絲說，「而且我也弄濕了啊。」

「弄濕身體對你們這種無毛人猿來說又不一樣！」灰燼扭著身子從椅子底下出來。愛麗絲不得不承認他看起來很可悲，濕透的毛皮分別糾成一簇簇，尾巴還滴著水。他開始拚命舔舐一掌。「噁！我整個星期嘴裡都會有泥巴味！」

「抱歉啦。」愛麗絲說。

「妳會抱歉才怪，妳已經在想下次要怎麼再把我丟進水裡了！」

灰燼甩甩身子，昂首闊步走出房門。渾身濕透的貓要威風凜凜地走，比登天還難，不過愛麗絲還是憋住竊笑的衝動，直到他離開為止，連傑瑞恩的臉都閃過了一抹笑意。

「我想你的懲罰很有效果，先生，」愛麗絲說，「雖然這種方式可能有點太嚴厲。」

「懲戒灰燼倒是次要的考慮，」傑瑞恩說，「妳總是會遇到除了自己之外，還必須擔心怎樣維護他人安全的時候，我想這次的經驗滿有價值的。」

愛麗絲嚥嚥口水，點點頭。「是的，先生。」

「那個生物的線已經到手了嗎？」

「是的，先生。」愛麗絲感覺得到，內心深處有條色調像泛黃象牙的捻線，就跟其他的線在一起。

「妳能召喚牠的力量嗎？」

先前那場打鬥讓愛麗絲疲憊不堪，但她還是抓住恐龍的線，團團繞住自己，要這樣做得花不少力氣。

「是的，先生。」

「太好了，妳覺得怎樣？」

愛麗絲低頭看看自己，沒看到明顯的變化。她舉起一手，謹慎地往前跨一步。

「覺得自己幾乎沒重量了，先生。」

「那是因為妳力氣變大了，把椅子抬起來試試看。」

她抓住扶手椅，這張笨重的木頭皮椅看來是上個世紀的東西。一般來說，單是在地板上要推它前進，就已經滿困難的了，可是她開心地發現，自己輕輕鬆鬆就把它抬離地面，彷彿是稻草做的。她單手把椅子高舉過頂，椅子發出嘎吱響，撒得灰塵到處都是。

「很好，」傑瑞恩說，「肉身的強化雖然是很原始的招數，但是相當關鍵。讀者執行任務的時候，永遠不該為了肉體障礙而受到阻撓，放開那條線吧。」

「是的，先生。」愛麗絲放下椅子，讓恐龍的力量消逝。她覺得身上彷彿突然披上了鉛做的外套。

「先警告妳，力氣增強之後，是很適合抬重物沒錯，可是如果要跑跳的話，得先經過一番練習。我鼓勵妳多實驗看看，不過要小心就是了。」

愛麗絲忖度，如果她的雙腿蘊藏了恐龍的力量，不知可以跳多高，然後打定主意一有機會就要嘗試看看。**如果有什麼軟軟的東西，可以在下面接住她的話**。

「是的，先生。」

「就這樣，今天剩下的時間妳可以自由活動。」

「謝謝你，先生。」

傑瑞恩揮手要她退下，回頭繼續寫自己的東西。愛麗絲一路滴著泥水走出書房，直接往浴室去。灰燼說得沒錯——身為人類確實佔有不少優勢，不用自己把身體舔乾淨就是一個。

自從傑瑞恩的左右手黑先生，開著那輛古老的福特T型車來車站接她以來，轉眼過了半年。她獨自抵達圖書館大宅時，這個世界已經開始從邊緣綻線，險象環生。她頭一次看到維斯庇甸威脅她父親的那晚，就像抓住了一條鬆脫的線頭。令她意外又驚恐的是，她一扯線頭，整片「常態」的布料竟然如同腐爛的布匹一樣崩解碎散，而這片布料下頭有……別的東西。

她開始在無止境的魔法圖書館裡工作，那間圖書館由一隻巨大的黑貓看守，那隻貓似乎是陰影構成的。她也學習怎麼運用魔法，有兩次差點丟掉小命。這一切（圖書館大宅、會講人話的貓咪跟隱形僕人）到最後竟然都成了稀鬆平常的事，真不可思議。即使你的全世界坍塌瓦解了，最終的重點還是今天睡前要完成什麼，明天、後天，一天天過下去。

每天早上她都會跟主人短聊一下，他會把當天的勤務指派給她。有時是基本工作：替學者蟲先生從書裡蒐集魔法片段，或是幫這個學者拿取東西跟搬運東西。其他時候，傑瑞恩會親自訓練她，旁觀她練習駕馭召喚過來的生物，或是示範魔法招數給她看。愛麗絲感覺自己在這方面表現得不錯；至少傑瑞恩看起來挺滿意的，除此之外，她也沒有別的評判標準可以衡量自己的進展。

較為罕見的情況是，這位老讀者會派她進行他所謂的「差事」，管道是圖書館後側異常地帶的眾多入口書之一，主要的工作內容是取回包裹或遞送包裹。愛麗絲跟灰燼聊過之後，體會到老讀者之間有種高度緊張的交流系統。老讀者會同意交換書籍或藝品，可是真正的交流不可能在各自的圖書館進行，因為沒讀者膽敢冒險進入對方的勢力範圍。交換事宜必須在中立地帶完成，也就是在某個書本世界裡。其他時候，傑瑞恩會派她去看看什麼東西，然後回報視察的結果。她從來無法確定哪些任務是他真正需要、哪些任務純粹只是為了試煉她，於是索性對每項任務都一樣用心。

這樣下來，到現在她去過的世界已經多到數不清了。有些平凡無奇，有森林、丘陵跟草地，只是天空多了個月亮或是有怪異的星辰，她就會知道自己不在地球上。有些很古怪——遼闊的地面上佈滿炸開的黑岩；整座森林裡都是大理石樹木，樹木精工雕琢而成，連最小細節都不放過；某個世界裡，滿是固體雲朵，雲朵間以弧形的粗壯藤蔓相連。

愛麗絲依然懷抱著查出父親遭遇的決心，但目前沒有明顯的線索可以追查，於是不得不擬定更長期的計畫。父親的失蹤一定跟讀者世界脫不了關係，於是她全心學習關於讀者這個奇怪圈子、讀者如何展現法力的一切。父親一定能認同這種計畫：當你還不確定該怎麼辦，就應該儘可能先蒐集資訊。

不過，她暗忖父親是否會同意她跟傑瑞恩共事，她都不確定自己能否苟同了，進入囚禁書，迫使書裡的生物對她臣服（如果牠們拒絕臣服，就殺了牠們），這種做法感覺還是不對，從她在樹精世界裡違抗命令的那一刻起，傑瑞恩再也沒有用任何疑似有智力或外表像人的東西來試煉她。「他是個讀者。」終結這樣形容過傑瑞恩，「他的魔法奠基在殘酷跟死亡上。」她多少認為父親也會同意這種說法。

可是這是目前最好的手段。傑瑞恩那個腦袋空白、雙眼空洞的聽話女僕艾瑪，總是提醒著愛麗絲，另一條出路唯一的結果是什麼。

她有一陣子沒在下午放假過了。她考慮多趕點閱讀進度——她的書桌上有一小疊從圖書館借來、主題多元的書，可是看到灑進窗戶的陽光讓她改變了主意，她披上薄夾克就下樓去了。

匹茲堡的夏天炎熱但短暫，不過到了入秋時分的十月末，窗玻璃早上會蒙上霜也是很平常的事。不過，已經離去的季節偶爾迴光反照，然後就會出現今天這樣的日子：陽光金黃的完美秋日午後，氣溫只是讓你臉頰泛紅的微寒。西邊天空因為一排雲朵而陰陰暗暗，暗示這種回暖現象並不會持久，可是暫時感覺很不錯。

愛麗絲漫步越過草坪，草坪兩端是名為「圖書館」大宅以及真正做為圖書館的建築，這塊草坪好像滿適合當成練習的場地。她抓住恐龍的線，朝自己拉過來，測試看看需要耗費多少心念抓力。她判定這比她目前所束縛過的生物都更費勁，可是讓她意外的是，她應付起來也是遊刃有餘。傑瑞恩說過，她的法力會隨著練習而逐步增強，不過，這還是她頭一次清楚體認到。

恐龍出現在她身邊，發出夾雜著轟隆隆跟叭叭響的叫聲，彷彿是隻喉嚨發炎的鵝。愛麗絲繞著牠走，就像元帥好整以暇地視察他的軍容，接著派牠往樹木走去。就像她之前碰過的大部分生物，當那個生物沒有殺她的意圖時，看起來吸引人多了。儘管牠身形龐大——愛麗絲暗想，也許可以把牠當坐騎，不過可能撐不了多久——卻有種可親的小狗性情。

就叫**史百克**好了，愛麗絲打定主意，**我想我要叫牠史百克**。不過，就她所知，史百克是女生的名字，不過她不知道有誰分辨得出恐龍是女還是男。

她派牠衝來衝去，揮甩著短短尾巴，感覺一下牠能跑多快、能轉多快。接著，她在猶豫一下之後放開對他的控制，命令牠直接衝向空地另一邊的高大老櫟樹。

結果令人稱奇。史百克粗短的腿在很短時間內就可以全速衝刺，牠在撞擊以前，先壓低長了四根頭角、頂著頭冠的腦袋，經過這麼一撞，樹幹爆出了木片跟扯下的樹皮。史百克往後彈了一呎，搖了搖腦袋，因為重擊而微微昏眩，不過那棵樹發出巨大的喀啦響，在恐龍碰撞的地方攔腰斷裂。櫟木的樹頂往旁邊傾斜，酒醉似的倚在旁邊的樹木上，樹冠移了位，撒下大批黃色跟棕色的樹葉。

「我不覺得傑瑞恩主人會贊同妳破壞植物。」灰燼說。

愛麗絲東張西望，最後才找到他，他正躺在樹林邊緣一根樹木粗枝上，盡情吸收夕陽的餘光，上下顛倒地瞅著她。

「我需要練習的空間。」愛麗絲說。況且，雖然她沒大聲說出口，這陣子以來，有時候她就是想打破點什麼。她讓史百克隨著響亮的啵聲消失了，然後向樹精的線伸出觸角。「而且反正我可以修復。」

「很難抗拒玩新玩具的誘惑吧。」

愛麗絲怒瞪著他，有些難為情，因為她確實在做這種事。不過，她不喜歡用那種角度來看待自己的生物。她父親總是教她，只要是活的東西都不是玩具，都該受到尊重。**牠們比較像……寵物。**

可是，她不知道該怎麼向灰燼解釋這個想法，他畢竟是貓，於是她只是走到斷裂的樹木那裡，把手搭在樹幹上。樹精的力量竄過樹幹，讓碎裂的纖維活化起來，再次織回原狀。在響亮的嘎吱跟呻吟聲之中，櫟木的上半段抬了起來，回歸原位。更多葉子隨之落下，狂亂地旋飛墜地。

「你還在生我的氣嗎？」樹木修補完畢之後，她對灰燼說。

他眨了眨眼，翻身趴好，用一掌揩揩耳朵。「沒啦，太費力氣了，天氣這麼好，不該浪費在生氣上。」貓打了個哈欠。「別再這樣就是了。」

「我盡量。」愛麗絲說。

灰燼以誇張的謹慎態度環顧四周，壓低嗓門。「對了，母親說妳明天應該過去瞧瞧那些橡實。」

愛麗絲眨眨眼，學他壓低音量。「為什麼？這次成功了嗎？」

「她沒告訴我。她只是說，過來瞧瞧。」

聽起來是終結的語氣沒錯。那個陰影巨貓如果有辦法把事情弄得既隱晦又複雜，就絕對不會把事情說得簡單或做得簡單。那種作風倒很符合身為禁忌圖書館守護者的角色，愛麗絲想，可是這點還是讓她滿氣餒的。

終結的神秘作風，也讓愛麗絲跟她主人的關係變得更複雜。就傑瑞恩所知，終結很少有機會跟愛麗絲講上話，但是事實上，愛麗絲到圖書館深處出勤的時候，那隻黑

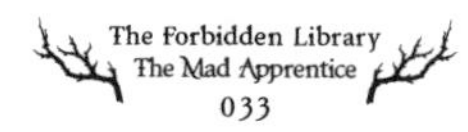

貓常常會出現，幫忙她練習傑瑞恩忽略的某些法術面向。愛麗絲不知道終結為何這麼做，但終結曾經幫忙困住維斯庇甸，她覺得自己沒有立場拒絕。

還有一件事愛麗絲從沒跟傑瑞恩提過，就是艾薩克以及他倆合力束縛了龍的經過。艾薩克是個擅闖圖書館的魔法學徒。正式來說，她還在生艾薩克的氣，氣他擺了她一道，讓她誤以為他準備吻她，卻只是為了偷走《龍》。不過，她發現自己有時候希望他能出現，這樣就可以當面生他的氣。夜裡，她發現自己對龍線伸出觸角，龍線跟石頭一樣烏黑、不動如山。有時，她感覺得到龍線傳來微小的震顫，就知道在世上的某個地方，艾薩克也正伸出了觸角。

太陽溜到樹群後方，這串思緒讓愛麗絲憂鬱起來。她跟灰燼道聲再見，回到大宅裡享用隱形僕人張羅好的晚餐。晚餐照例很可口，但她發現自己幾乎食不知味。她的思緒一直飄回父親身上，還有他對現在的她會有什麼想法。她一吃飽就上樓去，為了甩掉這種感覺，想好好讀點上個世紀的德國哲學，德國哲學總是能給她一夜好眠。

不過，她一睡著就作起夢來。

第三章 中央公園

那是個完美的秋日午後，空氣冷涼到足以讓愛麗絲的臉頰微紅，可是全身籠罩在金黃色陽光中，覺得暖得好舒適，整個人昏昏欲睡。她躺在毯子上，旁邊是中午吃剩的野餐。父親坐在她身邊，背倚樹木殘根，雙手搭在腦後，帽子往前斜蓋雙眼。

再也沒人上中央公園了，至少這是一般常識。愛麗絲不得不承認，這裡已經變得有點像垃圾場。不少樹木都死了，花圃遭到踩踏，老鑄鐵椅凳也都翻倒了，像無助的烏龜一樣四腳朝天。遍地丟滿垃圾，起風時報紙碎片在空中翻飛，好似西部片裡的風滾草。

不過，愛麗絲的父親自小就陪著他父親，在中午時間來這裡野餐，愛麗絲因為父親喜歡這個公園，就跟著喜歡。他也知道最好的地點，就是在偏離熱門路徑的幾個地方，那裡有幾棵樹木依然一身紅色跟金黃色的華麗樹葉，而且到那裡可以沐浴在午後陽光之中。幾百碼外的地方，有隻毛澎澎的白綿羊在遊蕩，雖然看起來是迷路了，卻一副心滿意足的模樣，牠好奇地戳著垃圾碎屑，扯著逐漸變成棕色的小草。

「羊不應該跑來這裡的，」愛麗絲的父親評道，沒有針對任何人，「羊群在六十五街那裡。」他輕拍愛麗絲的肩膀，彷彿要她放心。「我想很快就會有人來帶牠回去。」

愛麗絲打了個哈欠，閉上雙眼。她感覺到毯子底下的草扎著她，聽著風把葉子一片片從樹上扯下來的窸窣聲，陽光照在臉上溫暖柔和。

不管他們何時來到這座公園，她父親總喜歡把心事說給她聽。通常是生意經，他會跟她講起共同出資、企業聯合組織、高槓桿投資信託，還有美國鋼鐵跟雪藍朵公司的前景。愛麗絲只能隱約聽懂大部分，可是她不介意。重點是他講話的態度，他把她當成跟他一樣聰明成熟的人。愛麗絲平時的世界就只有家教跟態度傲慢的僕人，父親這麼做對她來說是無價的寶貴經驗。

他今天先從生意談起，過了一會兒，他安靜下來。現在他靜靜地說：「妳不記得妳爺爺了吧？」

愛麗絲搖搖頭。

「他過世的時候妳才兩歲，」她父親說，「真可惜，他一定會很喜歡妳，我在妳身上看到很多他的影子。」

愛麗絲睜開一眼，轉頭仰望他。「真的嗎？」

「嗯嗯，他是個聰明的男人，邏輯觀念很強。」她父親把頭一偏，咧齒而笑。「而且很固執。『永遠別放棄。』他會說，不管我抱怨什麼，當我覺得好累或是事情太困難，

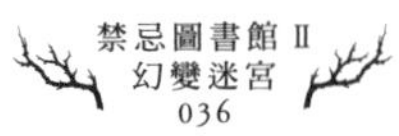

他就只會搖搖頭說，『永遠別放棄，永遠不要。』我在妳這種年紀的時候，聽到這種話就會很氣他。」

愛麗絲很難想像父親在她這個年紀的模樣。他目前是個扎實可靠的磐石，她的生活就繞著這塊磐石運轉，她很難想像父親有其他的樣態。這就好像是想知道，太陽在成為太陽以前，到底是什麼模樣。

「他會很以妳為榮的。」她父親說。他放眼眺望公園，目光越過遊蕩的綿羊，然後嘆了口氣。

有事不對勁。愛麗絲感覺得到，感覺到她父親懷著某種她無法辨別的情緒，可是她不曉得該怎麼辦。她翻過身，貼在他身邊，他的手往下搓搓她的頭髮。

「妳也不記得妳母親了……」他說，聲音小得她不確定是不是要說給她聽，「可是我記得，我還記得。」他的語氣雖悲傷，但鏗鏘有力，充滿了安靜的決心。「總有一天……」

愛麗絲只能把他摟緊一點。他把帽子再往下拉，掩住雙眼，兩人默默坐在原地，直到太陽碰到了西城的建築，冷風開始變得刺骨為止。接著父女倆啟程回家，吃了鹹雞派當晚餐，那是她父親最愛的餐點，她因為父親喜歡，所以也跟著愛上這道菜。

愛麗絲醒過來，從灰色混濁的光線，判斷還不到黎明，可是當她往外一看，卻發現天空佈滿了陰雲。陣陣雨水打在玻璃上乒乓作響，放眼不見太陽。

她盥洗之後，慢慢換好衣服，心思有一半還沉浸在夢境裡。她有好長時間沒再憶起那一天，她之前的人生褪成了背景，她在圖書館大宅的日常生活才是焦點。就是因為發生種種事情，她才會來到這裡，但只要想起過去，心裡就難受不已，彷彿胸口有個可怕的空隙，是心臟原本該在的地方。所以大多時候她都不去想。

罪惡感像一桶冰水似地迎頭潑在她身上。父親才失蹤半年，妳卻已經漸漸忘了他。她閉上雙眼，迎接這些令人痛苦的思緒，做為某種贖罪手段。

艾瑪用托盤把早餐端來，愛麗絲把早餐拿進房間，小心提醒那個女生事後要回廚房去。愛麗絲在很久以前就學到，要給艾瑪指示的時候，一定要非常明確。有一次她說「喏，拿去吧。」結果幾個小時回來以後，卻發現那位女僕還捺著性子站在原地，捧著托盤。一如往常，餐點非常可口，可是愛麗絲囫圇吞棗，幾乎吃不出滋味。她把髒碗盤留給圖書館大宅裡的隱形僕人去清理後，連忙趕下樓去。

傑瑞恩照例在書房裡等她。他正在讀什麼，愛麗絲覺得他好像有心事，不過他抬頭看她時，臉又變成平滑友善的面具。

「早啊，愛麗絲。」

「早安，先生。」

「妳從昨天的試煉中恢復體力了嗎？」

「是的，先生。」

「太好了，」傑瑞恩若有所思地輕拍下巴，「妳今天要到圖書館跟蟲先生一起工作，至少暫時先這樣。」他的視線閃向書桌跟那裡的文件。「晚點可能有別的事要妳處理。」

「是的，先生。」愛麗絲猶豫一下。傑瑞恩不喜歡她問太多問題，可是罪惡感在她的肚子裡翻攪，除非她採取什麼行動，否則無法平息。「先生，我有件事……想問你。」

傑瑞恩不動聲色，但鋼硬的雙眼緊盯著她不放。

「噢？」他說，在片刻明顯的沉默之後。

「是……」她頓住，然後急切地說，「跟我父親有關。」

「原來。」傑瑞恩說。

「你說過會調查一下他的遭遇，找出確定的答案。我知道他搭的船沉了，可是我們不知道事情的起因，也不曉得他是不是真的在船上。」傑瑞恩在龍的事件之後曾經承諾過。「我來這裡半年了，而且……我在想，我的意思是，你是不是……查到什麼了。」

另一陣更長的沉默。傑瑞恩搖搖頭，他一臉同情，但眼神卻毫無憐憫之色，黝暗堅硬如同一小顆大理石。

「我已經透過人脈去探聽了，就跟我們說好的一樣，」他說，「不只是為了妳，

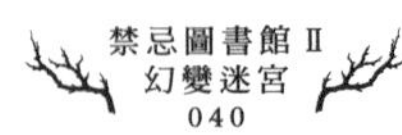

也是想查出其他讀者是怎麼突破我的保護防線、知道妳的存在。」

愛麗絲嚥嚥口水。她至少知道最後這個問題的部分答案——黑先生把她的狀況洩漏給維斯庇甸跟他主人水之伊掃，可是，那不是完整的故事。傑瑞恩說過，還有別的老讀者在追捕她。伊掃急著想得到她，就派維斯庇甸到圖書館追捕她，但她不曉得伊掃跟她父親失蹤有沒有關係，也不曉得自己為何對這些老讀者這麼重要，除了學徒一般很難到手之外。**可是，那不可能是全部的答案。**

無論如何，愛麗絲為了換取那個不忠僕人黑先生的合作——她請黑先生幫忙困住維斯庇甸，好讓她藉機審問維斯庇甸——交換條件是承諾不會向傑瑞恩告發他做的事，**要是讓傑瑞恩知道了，他會派人殺了黑先生。**雖然受到黑先生的背叛跟傷害，但愛麗絲不確定自己是否準備好用一句話來判他生死。

「有讀者牽涉在內，這點倒是很確定，」傑瑞恩繼續說，「可是除此之外，我還沒有個說法。讀者是一群善妒的同行，取得資訊向來困難。不過，我已經……透過人情啟動了一系列行動。」他露出哀傷的笑容。「我向妳保證，我們最後會查出真相的。」

「謝謝。」愛麗絲鞠躬。她想質問他，可是覺得自己已經有點得寸進尺了。「那我要去幫……蟲先生了。」

他揮手要她退下。「如果我這邊需要妳，會派人去找妳過來。」

風從舒服的涼爽轉成了狂急，大片雨水掃過大宅跟圖書館之間的草坪，彷彿是所向披靡的軍隊。她鼓起勇氣質問傑瑞恩，卻被他用模糊的承諾勸退之後，心情一片陰暗，而天氣的變化正巧呼應她的心情。他一定有什麼可以做，他一定知道些什麼。她對魔法的認識越多，就越確定她父親一定還活著，只是被某個老讀者抓到什麼隱蔽的堡壘去了。她必須採取什麼行動，但她不知道從何開始。

臥房某個地方有把傘，可是愛麗絲懶得去找。不知道有沒有什麼生物可以束縛來幫我擋雨的？她立刻制止自己這麼想，因為當你想到住在書本入口後方的那些神奇生物時，若只把焦點放在牠們所能提供的力量上，這就變成老讀者一貫的想法。即使她是傑瑞恩的學徒，她也不想變成那種人。

她拔腿狂奔，銅雕大門一碰就開。她踏進溫暖窒悶的陰暗前廳，像條狗似的甩甩身子，水濺到了石頭上。

架子上擺滿了防風燈，可是愛麗絲沒去碰。既然自己已經是個讀者了，就不再需要拿燈。她用惡魔魚的線鬆鬆繞住自己，她的手開始發出詭異的藍綠光。她集中精神，直到光線亮到足以看清四周。一如既往，至少有一打的貓咪在內門那裡迎接她，貓眼在那種怪異光線下發出超脫塵俗的光。愛麗絲客氣地揮揮手，免得牠們當中有誰會講話。除了灰燼跟終結，至今沒有其他貓跟她講過話，不過隨便推斷是沒好處的。

在貓咪後方，規律的圖書館書架無止無盡向後延伸，頭頂上方則是大大的圓屋頂，上頭有黑曜石做成的標記。愛麗絲順著其中一條走道出發，背後拖著攪起的塵雲。她不怎麼注意自己的去向，她過去半年來學到的教訓之一，就是圖書館裡的路標跟指示沒多大意義，通常終結希望你去哪裡，你最後通常就會到那裡去，不管你朝哪個方向走。

那就表示今天早晨要先去檢查橡實的狀況，再去蟲先生那裡報到上工。愛麗絲不久就發現自己已經把那些井井有條的溫馴書架拋在腦後，進入了後方的異常區域，但她並不意外。這裡的書架一群群聚在一起，圍成了方形、圓圈或五角形，而且架上大多是空的。奇怪的噪音甚至是氣味，會從書架縫隙之間滲漏出來——比方說金屬的鏗鏘聲、群眾的歡呼聲、烤肉的香氣。

每群書架之內都有一本書，或是特色類似的一組書。愛麗絲會在一般書冊或大部頭的書裡找出可供傑瑞恩提煉的魔法片段，但是入口書、囚禁書跟這些書都不一樣。入口書跟囚禁書**就是**魔法——而且在讀者的注視之下，會成為兩個地方之間的通道，將兩個**世界**聯繫起來。放著這類書不管的時候，它們就會滲漏。終結身為圖書館守護者的職責之一，就是把書架整理成一群群，將那些書收納在裡頭，避免書裡的居民四處遊蕩。

每群書架內部都反映了入口另一邊的環境，它們本身就像是個小世界，書架內部空間通常比外面看起來寬敞許多，不過對於那種違反常理的空間配置，愛麗絲早已不再感到詫異。她找到了自己正在尋覓的那群書架——外側標記了複雜的神秘符號，不過她在幾碼之外就已經聞到那種豐饒潮濕的氣味——她擠進架子之間的縫隙，雖然看起來只有幾吋寬，但她輕而易舉就鑽了進去。

在內部，書架背面看起來就像是一圈巨石群，圍住了直徑幾百碼的空地。這片空地有一半被水塘佔去，有個巨大瀑布往水塘傾瀉，空氣裡淨是濺起的水花跟隆隆水聲。水塘邊緣的叢林樹木長得非常茂密，上頭盤繞著懸垂的藤蔓跟藤本植物。四處掛著巨大厚實的綠葉，滴著水氣，跟一簇簇色彩狂野的迷你花朵交織在一起，恍如迷你煙火，溫度熱到讓愛麗絲幾乎馬上流起汗來。

她重邏輯的那部分腦袋納悶著，那個瀑布是打哪來的——源頭迷失在水氣當中——或是水瀝乾的時候往哪裡流。不過，在這間圖書館裡，就是不適合問這種問題。終結負責打點一切，這種事情自然由終結處理。

小叢林中央有個石板組成的圓圈，石板表面皸裂，長滿了花草。想也知道，圓圈中央有本書，模樣古舊、綠皮裝訂的厚書。愛麗絲之前來過幾次，每次都特別留意別去碰它，讀第一頁就會帶她**穿越**。如果是入口書，那還不會太糟，可以循著同一條路線回來。不過，如果是囚禁書，除了打敗囚犯之外，沒有其他出路。傑瑞恩跟終結反覆灌輸她的一個教訓就是，如果你不知道某本書的另一邊有什麼，那就千萬別翻開。

即使這本書目前闔著，滲漏出來的魔法也漸漸生出了這片不規則的叢林，愛麗絲想要捕捉的就是那股能量。她之前就在樹林裡蒐集了一把橡實，帶到這裡來，小心地把一點樹精的力量灌注進去。橡實會吸收魔法，吸收到最後會滿到快爆開的地步，然後愛麗絲就可以拿來應付不時之需。

至少理論上應該可以。可是把那一點點魔法灌注進去比她想的還困難，這是第三批橡實了——前兩次試驗的那一打橡實要不是冒芽長成了迷你小樹，或是腐化分解成一坨爛泥，不然就是在她撿起來的時候，像迷你手榴彈一樣爆開，把殼屑卡進她的皮膚。每次嘗試都要讓橡實浸在魔法裡一個星期，所以實驗過程相當緩慢。

這一批就在這本書的周圍整齊地排成一圈，她可以看到兩顆短命的小橡實，比較靠近她的那顆似乎變身成為一小叢蘑菇。不過，其他三顆看起來完好無缺，她忖度這次是否終於成功了。終結雖然知識淵博，也只能口頭描述必須怎麼做，無法實地示範——運用受縛生物的力量，這種魔法只有讀者擁有。

終結的嗓音是種宛如絲絨的低沉呼嚕，此刻彷彿受到愛麗絲思緒的召喚，在她耳畔響起。「哈囉，愛麗絲。」

愛麗絲很努力才讓自己沒嚇得跳起來。一如往常，終結只露出跟愛麗絲視線齊平的巨大黃眼，從林下灌叢的深影裡往外凝望。在那雙眼睛的下方，長牙微微散放象牙白的閃光。

「哈囉。」愛麗絲說，盡量維持平靜的語氣。

儘管兩人相當熟稔，但終結總是有點令人忐忑的特質。首先，愛麗絲不曾在光天化日下看過這隻大小有如老虎的黑貓，頂多只瞥過腳掌或尾巴。可是不只如此——愛麗絲跟不少怪獸打過照面，就連最醜惡的那些也不曾展現出終結那種信手拈來的力量感。這間圖書館是終結的領地——在這裡終結可以看見一切、可以無所不在。或者說，**至少終結希望我這麼認為**。

「這次好像成功了，」貓一語不發，愛麗絲繼續說，「除非它們又爆開。」

「這次感覺對了。」終結說。

「不過還是小心為妙。」愛麗絲嘀咕。

她先用簇群線繞住自己，讓肌膚堅硬起來，然後走到橡實那裡。她用一腳推推其中一顆，沒爆開，於是彎身撿起來。她稍微輕扯一下樹精線，就可以感覺到蘊藏在橡實裡的力量，足以創造一棵成熟樹木的生猛力量就擠在一枚堅果裡，堅果可以放進她的口袋。愛麗絲用手掌握住，露出笑容。樹精是她最實用的生物之一，但前提是現場得要有樹才能發揮作用，現在她可以隨身帶著樹了。

「恭喜啊，」終結說，愛麗絲拾起另外兩顆橡實，「我就知道妳最後會成功的。」

「謝謝妳的幫忙。」愛麗絲有禮地說。

想到傑瑞恩以及兩人今天早晨的對話，馬上摧毀了愛麗絲的好心情。她的情緒一定寫在臉上了，因為終結發出類似「嗯？」的噪音，黃色眼睛閉起並消失不見，然後再次出現在更靠近愛麗絲的另一區暗影裡。

「怎麼啦，孩子？」貓呼嚕說，「發生了什麼事嗎？」

「沒有，」愛麗絲說，「重點就是『什麼都沒發生』。」她遲疑片刻，不確定該不該拿出來談。可是終結曾經幫她逮到維斯庇甸，而且知道了故事的大半。「我問傑瑞恩有沒有查到我父親發生什麼事。」

「他什麼也沒說吧。」終結說。

「他說他會調查，說會問別的老讀者。」

終結短促的哼鼻聲道盡了一切，愛麗絲的臉頰燙熱起來。

「妳覺得他什麼都沒做？」愛麗絲說。

「不管他有沒有，都無關緊要。讀者很吝於分享資訊，跟他們對魔法的態度一樣，不會因為你要求就給你。況且，傑瑞恩真的想查嗎？假設他查出有誰牽涉在裡面好了，然後呢？要為了妳跟別的讀者開戰嗎？」

愛麗絲不確定然後要**怎樣**。如果她父親還活著，如果必須開戰才能把他找回來，她也願意。單是查明真相就困難重重了，她還沒多想事後要怎麼辦。

「我想妳說得對，」她說，「他似乎更想查出維斯庇甸是怎麼找到我的，我們兩個早就知道這個問題的答案。」

「說到誰誰就到。」終結說著便咯咯輕笑，「我們的大朋友來找妳了。」

「黑先生嗎？」愛麗絲訝異地問。

「對，」貓打著哈欠，牙齒發出閃光，「他在找妳。」

「我最好走了。」愛麗絲說。

「雖然我很想讓那個傻大個兒在這裡迷路個幾小時，不過妳說得對，」終結發出低沉的隆隆聲，「有意思，傑瑞恩希望我封鎖圖書館跟檢查防禦系統，一定是出了什麼大事。」

愛麗絲猜想，終結也許可以跟傑瑞恩用心電感應來溝通，就像她可以跟自己的生物溝通那樣。「有什麼在攻擊我們嗎？」

「還沒有，可是不管他要叫妳幹嘛……」終結頓了頓，「都要小心啊，孩子。」

「我一向很小心。」

「要非常小心。好了，去找黑先生吧，免得他太挫折，開始破壞東西。」

愛麗絲點點頭。她輕拍口袋，確認三顆橡實還在原地，然後大步走到空地邊緣，在叢林裡穿梭，走到了巨石／書架的窄小縫隙。到了書架群外面，開始循原路走回去。才轉幾個彎，就回到一般圖書館整齊有序的書架之間，下一條走道直接將她帶到了蟲先生桌前。

「都跟你說了，」老學者蟲先生的聲音傳來，音質聽起來跟他的人一樣乾巴巴又佈滿塵埃，「我沒看到她。」

「那個傻妞，」黑先生用低沉渾厚的聲音說，「老愛往不該去的地方鑽……」

愛麗絲從書架後方走出來，清清喉嚨，兩人都轉頭去看她。蟲先生在兩條寬廣走道的交叉口工作，他的擱板長桌上高高堆著書。有些書堆看起來岌岌可危，大部分都覆了一層厚塵，彷彿很久沒人碰過。蟲先生本人通常也都渾身塵埃，常常一口氣連續伏在桌上工作好幾天，只有鵝毛筆在一疊疊黃紙上沙沙動個不停。

黑先生聳立在模樣孱弱的學者旁邊。身形高大、肩膀寬厚，一頭狂亂的濃密黑髮、落腮鬍加八字鬍，只露出一雙眼睛，讓他的臉看起來很野蠻。他一看到愛麗絲就瞇細了眼睛，不自在地挪挪身子。

打從愛麗絲跟黑先生當面對峙以來，他就拚命想避開她。他大半時間都在鍋爐室工作，所以想避不見面倒是不難。她無意間碰上他的時候，總是發現他陰沉的神情帶了一絲難以置信，彷彿很訝異她竟然能信守諾言，沒把他在陰謀裡參一腳的事洩露給傑瑞恩知道。如果他們不得不交談，他會對她表達一種謹慎的敬意，但她絕不會妄想他的友好出自真心。

「愛麗絲小姐，」黑先生的嗓音渾厚低沉，「所以妳還是來了嘛。」

「我怎麼沒看到妳，」蟲先生埋怨，「我有東西要妳去拿來。」

「抱歉，」愛麗絲說，「我拐錯彎了。」

蟲先生悶哼一聲，他很難跟那種理由爭辯。除非終結特別留意你，不然即使想在普通的這側圖書館找東西，都不容易。

「你要不是自己去拿，不然就是再等久一點，」黑先生說，「小妞要馬上回大宅去，是主人的命令。」

蟲先生發出那種永遠受人欺負、久經磨難的嘆息，可是沒開口爭辯。黑先生一召喚，愛麗絲就跟著他走，她必須兩步併作一步，才趕得上他的大步伐。

「你知道出了什麼事嗎？」一把蟲先生拋在腦後，她便鼓起勇氣發問。

「反正就是危險的事，」黑先生說，「主人已經把防護網拉到最高，這要耗費很大的力量。」

「他沒跟你講為什麼？」

「沒有。」她覺得他浮現了笑容，但那把濃密凌亂的鬍子擋住了視線，她很難辨識。

「妳運氣好，有機會知道為什麼。」

第四章 出乎意料的消息

書房裡的壁爐前方有四把高背扶手椅，面對面擺放，傑瑞恩就坐在其中一把上頭。愛麗絲從沼澤出來時所留下來的泥印已經消失了。

「抱歉花了這麼久時間，先生，」愛麗絲說，「我在圖書館很深的地方，黑先生花了點時間才找到我。」那個虎背熊腰的僕人把她留在傑瑞恩套房的入口，一面喃喃自語，一面退回了地下室的庇護所。

「幸好我們還有一點時間。」傑瑞恩比比手勢要她坐下。她坐在軟墊座椅的邊緣，雙腳幾乎碰不到地。「我有些有趣的消息。」

「消息？」她的胸口一時揪緊。

傑瑞恩點點頭。他指的當然是來自他世界的消息，就是發生在讀者之間的事情。人世間的際遇——比方說，胡佛總統遭到謀殺，或是害羅德島陷進海底的地震——並不是他會關心的事。**他聽到父親的什麼消息了嗎？**可是他的表情完全不對，她強逼自己保持鎮定。

「確實，是最重大的那種，」傑瑞恩頓住，「我有個同仁死了。」

就愛麗絲這陣子累積的知識，她多少懂得這種事態有多嚴重。傑瑞恩的「同仁」是一小群人，在愛麗絲的心目中，他們就是魔法世界裡階層最高的那些老讀者。他們都非常老了——對法術高強的讀者來說，要避開老年所帶來的風險，顯然是小事一樁——他們忙著投入一場又一場複雜的遊戲，當中有協商、結盟跟背叛，有如一面糾纏難解的蛛網，遠從好幾個世紀以前就開始了。

愛麗絲在深夜裡，花了點力氣思考這件事。她自己也是讀者，也就表示她可以永生不死，就跟傑瑞恩一樣。要理解這種概念相當困難，單是想像自己二十歲的模樣就已經夠難的了，更不要說兩百或兩千歲。

不管怎樣，一位老讀者的死都是件大事，震撼了讀者們之間那種微妙關係的核心。當然了，他是被殺害的，這點是確認的事實，要不然老讀者是不會死的。

「我……懂了。」在其他狀況下，愛麗絲可能會問死者是不是傑瑞恩的朋友，可是老讀者們是沒有朋友的，只有工具跟盟友。反之，她只挑他喜歡聽的說：「會影響到我們嗎？」

「影響恐怕很大，我指的那個同仁叫水之伊掃，他——曾經……」他糾正自己的說法，「跟我還有幾個我熟識的讀者關係密切，而且他的死法……」

水之伊掃？愛麗絲稍微坐直身子，拚命維持正常的表情。**這會是巧合嗎**？伊掃就是維斯庇甸的主人，她只能寄望透過伊掃來查明真相。想到可能**永遠**無法確認父親是

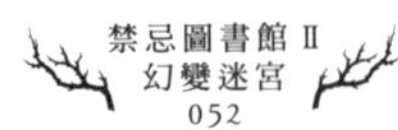

否真的過世，就讓她驚恐萬分。她緊握拳頭直到指節泛白。

她無法判斷傑瑞恩是否注意到她情緒激動。他似乎分神了，用一指搔著臉頰，接著又捋順八字鬍。他停頓了很久，可是愛麗絲知道最好不要催他。

「他的死法，」老讀者再次開口，「很讓人不安。就我們所知，他是被學徒謀害的。」他對上她的視線，嘴角微微泛起笑意。「妳好像很震驚。」

愛麗絲深吸一口氣，努力讓自己靜下心來。「只是很難想像，先生。」

「是嗎？這種事情有先例。我們收門徒的時候會盡量小心，可是天生擁有這種天賦的人這麼少，有時候讀者會冒險接受……有問題的對象。當然，連最小心的人都可能對自家學徒降低戒心。可是我不得不承認，聽到這個狀況我滿意外的，伊掃向來小心謹慎。」

「那個學徒怎麼了？」

「啊，愛麗絲，妳照樣直搗核心了。我們相信那個小伙子——他叫雅各——還躲在伊掃的堡壘裡。也許他困在裡頭了，我們不清楚。不管是哪種，都要處理他。」他中斷一下。「我知道，妳聽到這種事，心裡可能會不舒服，可是身為讀者，妳最終必須面對這類不愉快的事。違規的學徒通常由自家主人衡量看要如何懲罰，可是在這種情況裡，就要由我們其他人來主持……公道。」

「我懂了，先生。」愛麗絲說，雖然其實不大懂。

「我們一定要合作，追求一致的目標。遇到這種情形，每個讀者都會派出一位學徒來處理有罪的那方。」

「你要派我……去處理他？」

傑瑞恩繃緊嘴唇。「這個情形會影響到幾位讀者的利益，這些讀者也會派出學徒。你們這一小撮人到時候會一起到伊掃的堡壘去。你們會找出雅各、逮捕他，然後帶他回來接受審判。如果不用暴力就能完成，更好。如果沒辦法，你們該做什麼就做什麼。」

愛麗絲回望著他，嚼著嘴唇。**又不是囚禁書，我們不是非殺他不可。**

這又有什麼差別？她內心陰暗的部分低語。**妳也知道等你們帶他回來，老讀者們會對他怎樣。**

可是他確實殺了人啊。妳又不能叫警察到讀者的堡壘去，**總要有人採取行動吧。**

傑瑞恩捕捉到她的表情，可是誤讀了她猶豫的原因。

「闖進堡壘應該不會太難，」他說，「你們這群人裡面會有經驗……老到一點的，不管伊掃用什麼樣的協議跟防護網來防禦自己的領地，在他死後就都失效了。事實上，那就是部分的重點所在。就像我們所有人，伊掃這一生累積了不少威力強大的書籍，在防禦系統失靈的狀況下，那些書會漸漸開始在迷宮裡猖獗起來。一定要把那個不聽話的學徒驅離，這樣我們才能派遣僕人過去控制那團亂象。」

「我明白，先生。」她想問更多問題，可是傑瑞恩的表情告訴她，他不會接受。「我

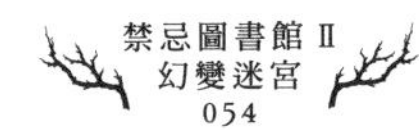

什麼時候要去？」

「今天下午，把妳需要的東西打包好。」他揮揮一隻手要她退下。「時候到了會叫妳。」

「我不懂的地方是，」愛麗絲爬上樓梯往臥房走去時，問灰燼說，「他幹嘛不自己去？」

「跟他幾乎不離開大宅的道理相同啊，他怕其他讀者，讀者們根本信不過對方。把兩個老讀者放在同一個地方，不大打出手才怪。如果試著把五到六個老讀者聚在一起，最後除了冒煙的大窟隆之外，什麼也不會剩，所以他們才收學徒啊。」

愛麗絲停在臥房門前時，灰燼的腦袋蹭上她的腳踝。「欸，我這樣說妳可別介意，不過就學徒來說，妳年紀算滿小的。妳是很有天賦沒錯，可是這群學徒裡會有法力更強的孩子，妳只要搭順風車就行了。」

愛麗絲頓住，手搭在碰鎖上。「那他幹嘛派我去啊？」

「當然是為了盯著別人啊，」灰燼悶哼，「也許是希望可以好好嚇嚇妳，免得妳想仿效雅各。可是他們最在乎的不是公道，而是分贓，你們這些學徒到那裡去，是為了盯緊對方，確定沒人偷偷夾帶東西離開。」

愛麗絲花了點時間消化這個說法。她的腦袋還轉個不停，她甩了甩腦袋，想清空糾纏的思緒。

「在這裡等等，我得換衣服。」

灰燼難得聽話，抵著對面牆壁蜷起身子。愛麗絲隨手關起門，靠在門板上，努力想釐清現況。

這個小房間從她初次抵達以來沒多大改變。她以前跟父親住的老家就只剩下這兩隻絨毛兔，它們依然在窗檯上默默看守，她走過去，把其中一隻拉進自己的懷抱中。

她想她可以拒絕過去，可是傑瑞恩會懲罰她——她不確定會是怎麼個懲罰法。她從來不曾真正觸怒過他，但她的想像力可以立即提供種種細節——而且反正那個不聽話的學徒雅各最後也是會遭到獵捕。

要成為……保安隊的一員，就像西部電影那樣，讓她覺得很不自在，但她也無法完全確定自己不想去。伊掃的堡壘裡可能有什麼，可以告訴我關於父親的真相。某種**紀錄或是伊掃的生物之一，這可能是我查明真相的唯一機會。**

讀者們一旦把伊掃的寶藏瓜分完畢，像父親沉船後衝進她老家的那些債權人，她就永遠再也查不出自己苦苦尋覓的東西。

可是要是我們真的找到雅各，結果我得跟他對打呢？如果他對她發動攻擊，她想自己勢必會反擊。但如果有人拒絕跟她一起走，她不確定自己有沒有勇氣出手攻擊人。我能只是袖手旁觀，看別人出手？這樣跟親自動手不是一樣惡劣嗎？

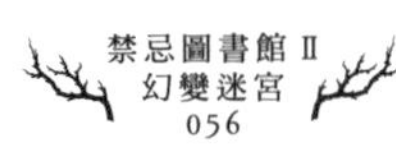

她一直有種感覺：傑瑞恩沒把事情全盤托出。他說雅各謀殺了他的主人，但怎麼謀殺的？儘管傑瑞恩那麼說，還是很難想像伊掃那樣的人——憑著謹慎跟疑神疑鬼，活了不曉得多少年的人——會降低戒心到讓區區一個學徒佔他便宜。雅各為什麼要做這種事？他一定知道老讀者會怎麼對付他。

她判定，我可以跟雅各談談。也許他氣瘋了，也許他有什麼好理由，然後他可以自己解釋給傑瑞恩跟其他讀者聽。要是我單獨逮到他，或許他也能回答我關於父親的疑問。

第五章 門穴

愛麗絲照常做了探險的裝扮：男孩子氣的強韌長褲、附有便利小袋的腰帶、耐得住戶外活動折騰的外套。她在小袋裡塞了幾樣緊急狀況時很實用的東西：火柴、繃帶、備用襪子、圖書館拿來的三顆特殊橡實。最後她加了把刀，套在皮製刀鞘裡，繫在臀部上。她視這把刀為工具而不是武器。愛麗絲思考，如果她想殺什麼人，幾乎不用刀子就能辦到。

她走出房間時，灰燼贊同地甩甩尾巴，繞著她的腳打轉，掃過她的腳踝。

「妳現在像是個十足的小潑婦了，」他說，「記得我們認識的那個晚上嗎？妳穿著長睡衣跟一隻拖鞋就想溜進圖書館？」

對於他說的話，愛麗絲沒有任何表示，而是逕自往樓梯走去，灰燼在她背後悄聲走著。不過，說真的，她的確有某種感覺——也許是精明幹練？甚至覺得自己有點像危險人物。她內心深處的那些線發出嗡鳴，因為潛在的力量而充滿張力。**當心了，世界。**她咧嘴一笑，突然覺得好荒謬，然後搖了搖頭。

傑瑞恩在自己的套房門口迎接她，他皺眉瞅著灰燼。

「我要把防護網升起來了，」他對貓說，「你必須待在大宅外頭。」

愛麗絲跪下來搔搔灰燼的耳後——灰燼很喜歡這樣，即使他不願承認。

「別做什麼傻事，」灰燼說，聲音輕到不讓傑瑞恩聽見，「要是事情出了差錯，這次我可不在妳旁邊，救不了妳的。」

愛麗絲微笑。「我盡量。」

「灰燼。」傑瑞恩厲聲說。

灰燼嘆了口貓式的氣，自尊受損，縮起身子走開，尾巴在身後來回猛甩。傑瑞恩往旁邊一站，讓愛麗絲進門，然後關上門並且上了鎖。

「每個讀者都會替自己的堡壘留一個入口，」他們穿過走廊時，傑瑞恩說，「可以說是『正門』，當然了，我們大部分人都還會有不少其他入口，可是這個『正門』是專供辦正事用的。透過這個入口可以抵達的地方，都有很嚴密的防護網跟警報系統，所以我們都不可能用這個入口來突襲對方，這樣就可以避免……引發誤會。」

他在通往密室的門口停住，手貼在門板上。房裡有什麼發出喀啦響，然後門忽然應聲打開。

「當然了，」他補充，「我向來都把入口小心鎖上，不怕一萬、只怕萬一。」

愛麗絲往門後一瞥，艾薩克當初闖進密室時遇到的那隻狗蜘蛛不見了，如果有別的守護者取代了牠，她也看不見。不過，擺滿箱子的架子都還在，傑瑞恩走到角落，拿起最小的一只保險箱。那是個扎實的金屬方塊，沒有明顯的接縫鉸鏈，只有一個疑似門鎖的微微鼓起。傑瑞恩用手指輕拍突起的地方，閃亮的表面起了漣漪，就像有人往平靜水面拋了小石進去。箱子頂端的圓圈化成了空氣，露出了鋪有紅絲絨的內部，裡頭有本沒比傳教小冊大多少的薄書。

傑瑞恩把書拿出來，遞給愛麗絲，雙手握住她的手片刻。他的皮膚粗糙，混雜了墨水跟黏膩的古怪氣味，後者來自他用來黏貼跟裝幀書本的製劑。

「妳要當心，」他說，「不要冒任何不必要的險。」

「我以為你說不會有危險。」

「平時要從正門襲擊讀者的堡壘，原本是不可能的，」他更正，「可是現在沒了防禦系統，所以我才說不會很難，不過還是可能有危險。書本裡的生物會找路進入這個世界，其中有些會把你們當成敵人。」

「原來如此。」

「而且妳一定要當心同行的學徒，如果他們有人企圖從堡壘偷走書本或寶藏，回來以後要向我稟報，我會跟他們的主人……談一談。」老讀者清清喉嚨。「我不認為會有公然的背叛行為，但是每個讀者訓練學徒的方式都不同，不是所有的人都跟我一樣開明，妳要保持警覺。」

「是的，先生，」愛麗絲突然想到，「他們講英文嗎？先生？如果他們是從世界各……」

「在本次的案例裡，不會是從『各地』去的，只有過往跟伊掃有密切來往的人，才會派代表過去。」傑瑞恩說，彷彿真心忘了這個問題。他溫柔笑笑。「這種事沒什麼要緊，妳想灰燼的英文是小時候學的嗎？」

「我……我沒想過，先生。」

「只有人類因為巴別塔的詛咒[1]而受苦。讀者跟魔法生物的文字有純粹的意義。這麼說就夠了：如果妳希望對方理解妳，對方自然懂妳的意思，反之亦然。」

「我懂了，先生，這樣就好。」

「記得要客氣、恭敬，」傑瑞恩說，「可是不要跟其他人太友好。記得，不管妳私下對別人有什麼感覺，他們一定要遵從主人的命令，總有一天，他們主人可能會要他們與妳為敵，那些人最終可能都會變成妳的敵人，感情太好，是沒什麼用處的。」

她最後一次見到艾薩克時，他跟她說過類似的話。**不知道他會不會去？**她不知道他的主人艾納克索曼德跟伊掃是否有「密切來往」，可是能夠見到熟悉的臉還是會滿好的，**即使我還等著給他的鼻子一拳**。

「我明白，先生。」

1. （本書註解全為譯註）聖經典故。人類想蓋一座通天的高塔，證明自己無所不能，上帝知道以後，分化人類的語言，讓這些人類無法交流並將他們分送至世界各地，築塔的夢想終成泡影。

「很好，祝妳好運，我會等妳回來。」

愛麗絲點點頭，翻開這本書。一如往常，那些字母先是一團難以理解的閃光，然後在她的目光下扭動變形。

她讀道，**空氣彌漫著霉味跟濕氣，有如冷冽濡濕的石頭……**

空氣彌漫著霉味跟濕氣，有如冷冽濡濕的石頭……微微的輕風冷颼颼吹著她的臉頰，可以聽到遠處有答答答的滴水聲，讓她想起簇群的世界，不過這個念頭只是一閃而過。她靴子底下的粗糙地面感覺像是天然岩石而不是人造磚塊，而且這裡一絲下水道的味道也沒有，只是古老岩石的潔淨氣味。

愛麗絲即使數到了五十，眼睛依然無法適應這種全然的黑暗。她的心念朝惡魔魚線伸出觸角，扯一扯，召喚那個生物的幽光出來，在四周投下了詭異的淡綠陰影。

她猜得沒錯，自己是在洞窟裡。這個空間接近圓形，大到足以放進兩三座網球場，天花板距離頭頂大約二十英尺。她看不出有出入口，兩三面牆上有長長的裂隙，感覺有穩定的新鮮空氣透過那些裂隙流進來。

有一排圓石順著洞窟牆壁排列，間隔過於平均，不可能是自然形成的。其中一顆圓石就在她背後，上頭還有之前用來穿越的那本小書的副本。岩石上刻有單一的神秘符號，雖然是陌生的符號，愛麗絲卻讀懂了意思，是**傑瑞恩**，彷彿是用熟悉的羅馬字

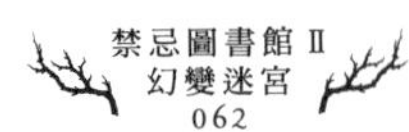

體拼出來的。

這些一定是其他的「正門」，她暗想，東張西望看看其他圓石。數量比她原本預期的還多，至少有五十個。愛麗絲好奇心一起，走到傑瑞恩隔壁的那個。她可以看出那裡原本刻有神秘符號，但有人把石面往內鑿深，將符號清除殆盡。上頭也沒有書本。

她把發亮的手舉在腦袋上方，環顧四周，看看有沒有其他該來會合的學徒蹤跡。除了影子之外，毫無動靜，也許我早到了一步。

她開始繞著圓圈走，輪流看看每個神秘符號，解析它們的意思。**賀里恩**、**冷心**、**傑賽爾**、**凡艾納森**、**封閉圈之主**。每一個圓石上都有各自的書本，形狀大小各有千秋。愛麗絲並未冒險走近，免得觸發魔法警報。也有更多空白的空間，就是名字被刮掉，石架上空蕩蕩的。

她還沒繞完四分之一，前方就出現一道黃光，跟惡魔魚綠光的對比之下，顯得相當歡樂。愛麗絲瞇起眼，看出是個手提燈籠的人影。她揮了揮發亮的手，那個黃光上下彈動當成回應，她受到鼓勵便往前走近。

「哈囉，」愛麗絲說，「來出任務的嗎？」

「是啊！」是女生的聲音，輕快的腔調有點古怪。「妳一定也是這個隊的成員！」

女孩把燈籠舉得更高，讓陰影往後移。她的年紀跟愛麗絲相仿，或是稍微大一點，皮膚黝深，極鬈的黑髮往後紮起，服裝滿奇怪的，麻袋一般的袍子，衣料純白，在臂

部跟肩膀那裡綁住，四肢不受任何限制，腳上的涼鞋則用線綁成複雜的網，她面帶燦爛的笑容向愛麗絲寒暄。

「很高興認識妳，姐妹，」女生說著便淺淺一鞠躬，看起來很正式，「願吉兆照耀我們的行動。」這句話讓愛麗絲有點措手不及，她儘可能客氣地點點頭。

「也很高興認識妳，」她終於開口，「我叫愛麗絲。」

「愛麗絲！」女生開心地說，「這個名字是從『愛黛海蒂絲』來的，代表高貴的存在或出身，前途無量。我是黛克西．希雅，跟著泰勒刻辛[2]取名的，不過我們之間當然沒有關係。」愛麗絲滿頭霧水的樣子一定很明顯，因為女孩補了一句：「在前幾次的任務裡，我跟同伴都覺得叫我『黛克西』比較方便，如果妳想，就這麼叫吧！」

「黛克西，」愛麗絲說，「懂了。」她頓一下。「這種事情妳以前就做過？」

「是啊，我主人『最得寵者』依照星相，派我跟著兄弟姐妹一起出任務。不過我必須承認，我從沒動手懲罰過自己人。」她的笑容稍微退去，接著臉色又亮起來。「妳第一次參加這種活動？」

「多少算是。」愛麗絲說，她想自己跟艾薩克在圖書館裡跋涉的那次應該不算。

「那我很高興我是第一個迎接妳的人！」黛克西搖搖頭，「兄弟姐妹裡有些人擔心過度，所以第一次見面的氣氛有時候會很緊繃。」

「那種疑神疑鬼是健康的，」愛麗絲背後有個低沉的聲音吼道，「老實說，這方面妳最好多加強一下。」

2. Telchine 源自希臘神話，有一說，他們的父母是海神蓬托斯與大地之母蓋婭。

第六章　一幫人都到了

愛麗絲憑著本能猛扯簇群線，拉進自己的內在，讓皮膚變得堅實有韌性。她往前俯衝，滾過了岩石地面，在幾碼之外的距離蹲伏起身。

她原本站立的地方有……一抹影子。是一團扎實的立體影子，在惡魔魚光線的直射下翻騰。一片片黑暗好似受到狂風吹掃的黑絲帶，從影子裡不斷往外滋生，朝著周圍張牙舞爪、湧動不停之後化為無形，從下方不斷湧出新的。這個怪東西發出的聲音是——

難道是笑聲？

「抱歉，」那個人聲不知打哪裡來的，「我知道我不應該這樣，可是看到新來的小孩嚇得跳起來，就覺得很可愛。」

影子散解成一陣狂飛亂竄的黑影，滋滋化為黑色閃光，就像用負片效果處理的熊熊火焰，呈現明暗互換的景象。取而代之的是個高佻蒼白的青年，披著黑色絲質斗篷，一臉燦爛笑容，但愛麗絲覺得他的眼神帶有惡意。他有張長臉，淡棕色頭髮三七分往後梳平。她猜他大概十六、十七歲。

愛麗絲慢慢直起身子，放手讓簇群線滑開。她怒瞪著他，暗地希望自己不用把頭抬這麼高去看對方。他的笑容裡帶點什麼，讓她很想用點笨重的東西去砸他。她用公事公辦的口吻講話。

「你真的不應該這樣，」她說，「我三兩下可能就會傷到你。」

「下一次我會先預告的，」他說，依然帶著笑容，然後執起斗篷一角，做作地鞠了個躬。「蓋瑞特・艾肯，竭誠為妳服務。向妳致歉，小姐是……」

「克雷頓，」愛麗絲說，「愛麗絲・克雷頓。」

「還有黛克西，」蓋瑞特說，「想想之前，妳現在看起來還不錯。」

「當然了，」黛克西說，「你體貼地幫我把手臂找回來，讓最得寵者重新接了回去。」她朝燈籠光線舉起手臂，手肘上方那裡露出一道粗厚閃亮的疤痕組織。「看到了嗎？完好如初。」

「很高興知道這個消息。」蓋瑞特瞥見愛麗絲的表情，於是眨了眨眼，「我們這種小旅行有時候會變得有點艱辛，可是不用害怕，我會照顧妳們的，看到其他人了嗎？」

「還沒看到什麼人。」愛麗絲說。

「啊，可是妳剛就沒看到我啊？」蓋瑞特咧嘴一笑，「這種疑神疑鬼是健康的，我說過，要是我是什麼恐怖東西怎麼辦？」

愛麗絲還沒想到要怎麼回答，大洞窟的另一邊就爆出一陣光，隨之而來的是個女孩的吼叫聲。她聽不清對方說了什麼，但蓋瑞特誇張地翻翻白眼。

「是愛倫，跟平常一樣迷人，」他說，「來吧，我們最好去排解一下糾紛，免得還沒出發，她們就宰了對方。」

蓋瑞特帶頭越過洞窟，愛麗絲走在黛克西身旁，忍不住盯著對方手臂上的疤痕看。黛克西發現的時候，愛麗絲不自在地清清喉嚨。

「我只是好奇發生什麼事了。」她說。

黛克西微笑。「我在一場前往『下三賽普提斯世界』的聯合任務裡，遇到了困難。」

「她跌進沼澤，」走在前面的蓋瑞特說，「一隻像鱷魚的巨大生物咬掉她的手臂。」

「咬掉？」愛麗絲說。

「還好蓋瑞特兄弟好心幫我忙，」黛克西說，「結果好、一切都好。」

「可是不會很痛嗎？」

黛克西聳聳肩。「痛是一種幻覺。身體只是承載靈魂不朽精髓的陶器，把身體可能遇到的困境看得太重，是不對的。其實，這整起事件只是加強了我的基本理解，對於——」她瞥見愛麗絲的表情，「是啦，是滿痛的。」

蓋瑞特突然停住腳步，用一手替眼睛遮光。隨著他們越走越近，那道光也越來越亮，最後強到幾乎無法直視。

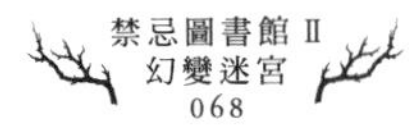

「愛倫！」他喊道，「是妳嗎？」

一個女生的聲音回道：「蓋瑞特嗎？早該猜到你會來的。」

「妳知道我的，有好玩的我絕不會錯過，」蓋瑞特說，「可不可以把妳的光輪調低幾度，免得把大家都照瞎？」

那道耀眼光芒稍微降到了較為舒服的程度，愛麗絲看到了站在光線下方的女生。她瘦瘦高高，一頭金色短髮，皮膚蒼白，愛麗絲猜她跟蓋瑞特同樣年紀。她的裝扮跟愛麗絲有點像，耐磨實用，不過因為常用而舊了點。

「跟你一起的是黛克西嗎？」愛倫說。

「嗯，」蓋瑞特說，「另外這位是——」

「愛麗絲。」愛麗絲打岔。

「新來的。」蓋瑞特補充。

「這邊某個地方還有另一個女生，」愛倫說，「可是我還沒看清楚她就溜走了。」

「這我不意外，妳發出像探照燈一樣的強光，」蓋瑞特說，「任誰都會害怕。」

愛倫拉長了臉。那道光從她腦袋上方一呎的空氣散放出來，波動一下，頓時變得更亮，彷彿在呼應她的怒氣。「又不是我的錯，是她先嚇到我的。」

「我會找到她的。」蓋瑞特舉起一手，一縷縷陰影開始在他周身聚集。

愛倫翻翻白眼。「是啦，偷偷突襲她，肯定很有用。」

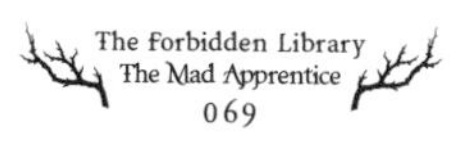

那些陰影一時頓住。「我上次嚇到妳，妳不會還在記恨吧？」

「當然不會，」愛倫悶哼，「而且你才沒嚇到我呢。」

「噢，少來了，妳至少怕得跳了五呎高！」

「在討人厭的泥沼裡等候，突然聽到背後出現動靜，有那種反應很合理好嗎？」

「而且妳還尖叫了。」

「我才沒——」

「呴，拜託喔，」愛麗絲說，「她往哪去了？」

兩個年紀較長的學徒一時不再鬥嘴，轉身瞅著她。愛倫指出方向，愛麗絲短促地點個頭，跟他們擦身而過。黛克西對上她的視線，閃了一抹另外兩人沒看到的笑容。

愛麗絲往外走進黑暗時，他們繼續在她背後拌嘴。她輕拉惡魔魚的線，召來溫和的綠光，緩緩繞著那圈圓石走動。除了岩石之外，洞穴牆壁相當平滑，似乎沒有藏身之處。

「哈囉？」愛麗絲說，「如果他們嚇到妳了，很抱歉。我們不會傷害妳的，我保證。」她停下腳步望向一顆岩石後方，但沒找到什麼。「哈囉？妳在嗎？」

愛麗絲瞥見一閃而過的動靜，及時環顧四周，看到一個小女生踏出一大步，離開洞穴牆面，喘著要換氣，彷彿剛從水下長泳裡破水而出。愛麗絲很確定，片刻之前那個小女生不在那裡。

她很嬌小，模樣弱不禁風，比愛麗絲矮個幾吋，瘦骨嶙峋，身上穿的都是皮料，背心加上不及膝蓋的短褲，縫邊參差不齊，愛麗絲納悶這身裝扮是不是她自己縫的。一頭鼠棕色髮絲，在右側別住，但另一側又長又直的髮絲像簾子一般垂下，長度及肩，掩住了半邊臉。

愛麗絲勉強自己鎮定不動。這個女生的嬌小身軀因為緊繃而震顫不已，隨時準備轉身逃離。

「哈囉，」愛麗絲盡量用最讓人安心的語氣說，「沒關係的，我不會傷害妳。」

「剛剛看到那個光，」女生近乎竊竊私語地低聲說，「我以為……」她眨了眨眼，搖搖頭。她的站姿稍微放鬆了點，愛麗絲鼓勵似地點點頭。

「我叫愛麗絲，」她說，「妳跟我一樣，都是第一次出這種任務吧？」

「對。」女生仔細考慮片刻之後說。

「妳叫什麼名字？」愛麗絲提示。

「索拉娜。」

「這個名字滿好的。」

又一陣沉默。愛麗絲發現不知道該怎麼跟這個少話的奇怪女生互動。愛麗絲來到傑瑞恩的家以前——那段時光彷彿是上一輩子的記憶——她在小孩身邊從來就不覺得自在，向來寧可跟大人為伴。跟她不熟的大人會用緩慢溫柔的語調對她講話，她總是暗地覺得，對方像在跟小型寵物犬說話，而她現在就採用這種方式。

「妳過來見見其他人吧？」愛麗絲說，「他們人都很好，也不會傷害妳。」她頓了一下，忍不住實話實說。「至少我希望他們人不錯，我才剛認識他們，可是我確定他們不會傷害妳。」

女生瞇起雙眼，但點了點頭。愛麗絲領著她回頭走向愛倫的光，愛倫跟蓋瑞特唇槍舌戰的時候，那道光會頻頻移動跟亮起。拔高嗓門的聲音讓索拉娜遲疑一下，但愛麗絲用笑容鼓勵她。

「愛麗絲姐妹！」黛克西說，「看來妳已經把我們的迷途羔羊找回來了。」

索拉娜警覺地瞥了黛克西一眼，但依然堅守陣地。

「她叫索拉娜。」愛麗絲說。

愛倫上下打量那個小女生，顯然無動於衷，然後悶哼一聲轉開身子。

「小索拉，」蓋瑞特說，故作愉快，「很高興認識妳。」

「是索拉娜，」索拉娜頂了回去，「不是索拉。」

蓋瑞特眨眼。「好吧，索拉娜就索拉娜。」

「都到齊了嗎？」愛倫說，「我想快點出發了。」

「我主人說總共有五個人，」蓋瑞特說，「也許有人遲到了。」

「唔，我可不打算在這裡耗上一整天，」愛倫說，「再等五分鐘就好。」

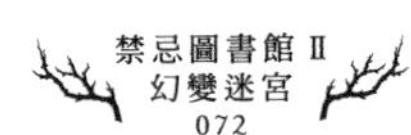

「人多才有力量啊，」黛克西說，「沒有萬全準備以前，最好不要鋌而走險。」

「我們不會有事的，」愛倫說，「我很確定，不管裡面有什麼，單單我們三個人就應付得來。」接著彷彿臨時想到什麼，又補了一句，「愛麗絲跟索拉當然也會幫忙。」

「是索拉娜，」索拉娜說，「不是索拉。」

「愛倫說得沒錯，」蓋瑞特說，「我並不擔心，可是如果我們不管某人就離開，我們的主人會不高興。」

「那他主人就應該準時把他送來這裡，」愛倫說，「我認為——」

「我來了。」黑暗中傳出熟悉的人聲。一個男孩走上前來，裹著一件古老破舊的長外套。

「艾薩克！」愛麗絲剛往前跨出半步，當發現他不肯正眼看她時，她嘎然停住腳步，他擦過她身邊，彎腰駝背站在蓋瑞特身邊。

「艾薩克，」蓋瑞特說，「很高興又見到你了，你看起來——」

「我都來了，」艾薩克重複，眼睛一直盯著地上，「我們走吧。」

蓋瑞特瞥瞥愛倫，後者冷淡地聳聳肩。

「看來全員到齊了！」黛克西開朗地說，「願我們的旅程有福星高照。」

愛倫擠了個鬼臉，但沒說什麼。蓋瑞特把大家召到最近的圓石那裡，愛麗絲現在看到上頭刻了名字：**水之伊掃**。

「好了，」蓋瑞特說，「沒出過這種任務的人，只要記得緊緊待在一起，行動要低調。應該不會有什麼主動跟我們為敵，可是也許已經有些討厭的東西從伊掃的藏書裡跑出來。好好跟著我，當心左右兩側——」

「誰說你當頭的？」愛倫厲聲說。

「好好跟著我還有愛倫——」蓋瑞特修正說法。愛倫悶哼一聲，扠起雙手——「我們會走前頭，免得出狀況。黛克西，妳殿後。」

愛麗絲清清喉嚨。「我們找到雅各的時候怎麼辦？」

蓋瑞特聳聳肩，炫耀似地折折指關節。「就看他願不願乖乖就範一起走。」

愛倫翻翻白眼。「把他留給我們，我們會處理。」

愛麗絲覺得自己看到艾薩克畏縮了一下。她試著要對上他的目光，但他撇開了視線。

「好了！」蓋瑞特說，「大家手牽手，一起穿過去吧。」

他伸出手，艾薩克猶豫地握住。最後愛麗絲夾在愛倫跟索拉娜之間，前者幾乎沒碰到她的手指，後者則是彷彿怕跌倒似地使勁掐住。索拉娜的手指粗糙長繭。

蓋瑞特翻開圓石上的那本書，是一本古老皮革裝幀的窄版厚書。愛麗絲距離太遠讀不到，但可以感覺到字義順著大家牽住的手傳來，竄過了全身。文字游進了大家的視野。

愛麗絲發現自己到了外頭，頂著星光燦爛的夜空……

第七章 伊掃的堡壘

愛麗絲發現自己到了外頭，頂著星光燦爛的夜空。在遠離文明光害的圖書館大宅那裡，已是繁星滿天，但這裡的星辰甚至更多，是她前所未見的。除了正上方之外，四面八方都是一片漆黑，絕對的黑。可以看到巨大山峰的影子擋住了大片天空，山峰參差尖銳的形狀，好似一排鯊魚的牙齒。山巔團團包圍住她，宛如巨型的土製嘴顎，準備把穹蒼咬掉一口似的，而她就站在那雙嘴顎中央。

她放開愛倫的手，試著掙脫索拉娜的抓握，可是那個女生似乎很不想放開。愛麗絲安慰似地掐了掐她的手。

「我們到哪裡了？」她說。

愛倫的光輪增加亮度，足以照出他們正站在小小石台上，周圍有鐵柵欄。一道柵門通往狹窄的石頭步道，步道向前往黑暗裡延伸。愛麗絲瞇眼細看，可以看到那個方向有燈火，微弱閃動，彷彿遠處營火的光芒。

「在阿爾卑斯山中的某個地方，」愛倫說，「我主人說伊掃在山脈之間鑿了個谷地，把堡壘建在裡面，然後用防禦網團團裹住，這樣凡人就永遠不會發現。」她仰頭瞥瞥天際，「這裡永遠是黑夜，不管外頭發生什麼事。」

「我好奇這種狀態還能維持多久，」蓋瑞特說，「我的意思是，既然他都死了，而這全都是靠魔法——」

愛倫指著遠處的燈火。「那一定就是堡壘。如果這裡是他的正門，為了安全，把堡壘建在遠遠的距離之外，這樣就說得通了。」

愛麗絲走到平台邊緣，雙手搭在柵欄上。她很高興自己穿了保暖的衣物來，這裡的空氣稀薄冷冽，一碰到皮膚感覺就像金屬一樣冰冷。她拉動惡魔魚線，召喚冷冷的綠光。

她不由自主地倒抽一口氣，雙手把鐵柵欄握得更緊。柵欄外頭是陡峭的懸崖，往下直直垂降幾百英尺。她看不到底部，一時的暈眩讓她反胃，腳底一陣刺痛。愛麗絲慢慢放開柵欄，小心後退一步。

蓋瑞特顯然也有了類似的發現。「別跌下去了，」他說，「除非你們能飛，來吧，出發了。」

他大步踏上步道，愛倫跟了上去，她的光輪投出長長扭曲的陰影。艾薩克趕在他們後面，把愛麗絲跟黛克西、索拉娜留在後頭。

黛克西小步走到平台一側，往下瞧，咻地吹了聲哨。

「蓋瑞特兄弟說『別跌下去』，還真是好建議。」她揮手要愛麗絲往前。「往前

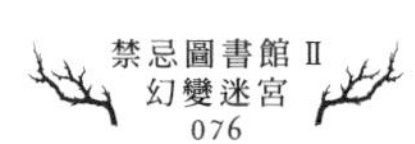

走吧，姐妹們，我會負責守在後頭。」

在惡魔魚的綠光裡，索拉娜看起來可憐兮兮，愛麗絲猶豫片刻，然後再次伸出手，女生感激地握住。她倆一起踏上步道，步道還算寬敞，可是兩側沒有柵欄，想到摔下去會有多慘，就讓愛麗絲緊緊走在中央。

這條石頭步道感覺永無止境。他們後方的平台很快就隱沒在黑暗裡，只剩黛克西的燈籠、愛麗絲的手，跟愛倫在前方上下浮動的光輪。堡壘的燈火（如果真的是燈火）依然遙不可及，索拉娜的手在愛麗絲的手裡暖暖的。

愛麗絲發現自己內心掙扎不休。一方面她覺得鬆了口氣，因為她似乎不用做出怎麼處置雅各的決定。把事情都留給蓋瑞特或愛倫處理，感覺有點懦弱，可是他們又不會給她選擇的餘地。**灰燼說得對，傑瑞恩派我來這裡只是為了……展現勢力，我想，是要確定其他人不會拿走什麼東西。**

另一方面，隨波逐流這種做法讓她心煩，她也說不上來為什麼。她向來循規蹈矩，因為那些規則很好，是那些關心她、比她見識更廣的人所訂定的。部分原因在於她跟父親處得非常融洽，他從來不曾要求她做任何不合理的事。

她很確定蓋瑞特並不關心她，她不確定他的見識真的比她更廣。愛麗絲對他那種自以為是的態度很不滿，可是她除了跟上去（以及特別當心）之外，也看不出來還能怎麼辦。

然後，另一方面呢——

如果我要查出父親的遭遇，就不能只是跟著蓋瑞特、愛倫的屁股走。最好找機會單獨跟雅各談談，叫他把他知道的都告訴我，說不定伊掃留下了什麼紀錄？

她盯著愛倫的光，艾薩克就跟在後面，身影一片模糊。他怎麼搞的？我知道我們當初不是和和氣氣分開的——她發現自己莫名地臉紅起來——要怎樣也是我該生他的氣吧！偷走《龍》的是他耶。

搞不好那就是原因，她思索，他以為我在氣他，所以才故意躲我。她確實有權利生他的氣，可是這不是小心眼的時候，我們必須通力合作。等她有機會攔住他的時候，必須給他一個好好道歉的機會。

慢慢地，前方那群燈火看起來更清晰了，以怪異的模式閃閃滅滅著。他們終於近到足以看到星光映在石頭上的柔光，景觀突然對焦似地清楚起來，愛麗絲倒抽了一口氣，嘎然停下腳步。

是座城堡，可是不像愛麗絲以前看過的城堡，即使是童話故事裡的城堡也不像。由一系列平頂的高塔組成，高塔之間以長長的步道相連。步道往外蔓延，上上下下。樓梯、斜坡、滑坡，以十幾種方式，將每座塔跟鄰近的塔以及更遠的塔連接起來。那些步道繞過彼此上方或下方，互相交錯，好似瘋狂蜘蛛織成的石網。

高塔的很多窗戶以及步道側面都掛著火炬。不過，星光照出了最令人詫異的景象：

每座塔都架在單一的石柱上，從下方的黑暗深淵往上延伸。整座城堡就棲坐在幾百根石柱上，好似一張針床。

有個巨型圓柱建築矗立在這群高塔的中央，上頭是圓頂。更多火炬圍繞在這棟圓建築的四周，就像光禿的岩石頭頂上戴著火冠，有一百座橋往外連向四周的高塔，高度各有不同。

愛麗絲意識到其他人也都頓住了腳步。六人默默佇立原地片刻，盯著這個龐大的建築群。

「唔，」蓋瑞特說，「看就知道，那就是我們必須去的地方。」他指著中央那個大建築。「那一定是伊掃的大本營。」

「那又不表示雅各就在裡頭，」愛倫說，「如果他有腦袋，就會躲在偏遠的高塔裡，我們要好幾年才搜得完整個地方！」

「這點我幫得上忙，愛倫姐妹，」黛克西說，「占卜跟搜尋是我的專長。」

愛倫悶哼。「妳上次的占卜把我們帶到沼澤去。」

「我們的確找到我們要找的。」

「妳差點失去一條手臂。」

黛克西聳聳肩。「預兆只是告訴我路會通往那裡，而不是沿途會遇到的麻煩。」

「不管怎樣，」蓋瑞特插嘴，「我們應該先調查主樓。如果他不在那裡，到時再擴大搜尋範圍。」

「也要先到得了那邊才行啊，」愛倫說，「看看這裡，是迷宮。」

是迷宮。

最後這句話並非大聲說出口的，而是低沉渾厚的聲音，在愛麗絲的腦袋裡迴盪，往下傳達至她的肚子。比任何人類的聲音都要低沉洪亮，可是即使那個聲音沉默了半年之久，愛麗絲還是認得，我不可能有忘記的一天。

自從龍在囚禁書裡向她臣服以來，就不曾開口說過一個字。她從來就沒辦法把龍的線拉向世界，既無法召喚他，也不能控制他。他只是坐在她的內心深處，恍如待在水塘底部的蟾蜍。

她現在拉住那條線。你聽得到我嗎？她對著龍放送思緒。

聽得到，小妹妹。

一打疑問頓時湧上心頭。你之前為什麼都不跟我講話？艾薩克也聽得到你嗎？

不，我進不了他的心思。我之前並沒有跟妳講話的必要，可是現在妳身陷重大的險境。

險境？她抬頭望向城堡。這裡？

對，你們就要走進迷宮了。如果你們繼續走，就會迷失。

要順利找對路可能滿困難的，可是我確定我們會記得出來的路。不過，就在她這

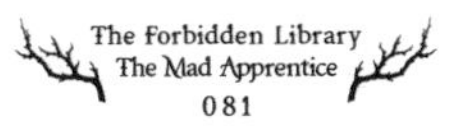

麼想的當兒，她就知道龍不是這個意思。

這不是普通的迷宮，而是迷魂陣，是迷陣怪——也就是迷陣魔——的巢穴。龍頓了頓，妳自己就認識這樣一種生物。

終結，你指的是終結。

沒錯，她替傑瑞恩服務，她的同類一定都要替讀者服務。這樣的生物負責囚禁魔法書，在他們的迷魂陣裡，他們看得到一切並且控制住一切。

傑瑞恩說伊掃死掉以後，那些契約就自動解除了，他說我們會很安全。

原本應當是這樣沒錯，可是這裡的迷陣怪還在崗位上，我不曉得為什麼。可是如果你們繼續往前走，最後只能任他宰割。

愛麗絲頓住腳步。蓋瑞特跟愛倫再次往前朝著高塔走去。

我該怎麼辦？

回頭。

我想其他人不會願意。

如果你們繼續走，就會困在迷魂陣裡，最後可能會全部喪命。整體來說，迷陣怪並不是討人喜歡的生物。

終結似乎就還滿好的，愛麗絲帶著防衛心想著，至少有時候啦。

有點回音在她的心思裡響起，好像發自巨大鼻孔的遙遠哼聲。接著龍就不見了，愛麗絲繼續抓著那條線，可是線再次變得像岩石一樣堅硬，對她的請求毫無反應。

等等，我需要知道……

可是，即使不等對方回答，她也看得出這麼做毫無意義。

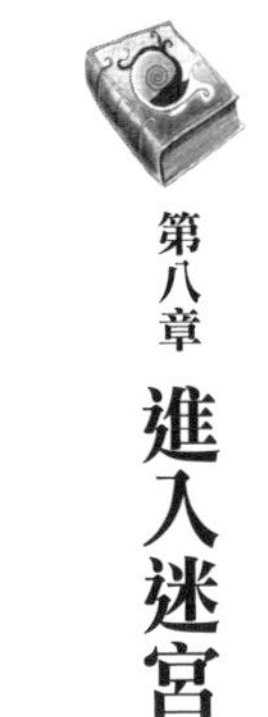

第八章 進入迷宮

步道通往拱形門口，那是一座模樣陰鬱的塔，靠近城堡的邊緣。幾根火炬從窗戶裡投出微弱的光池，灑下長長的陰影。愛麗絲可以看到塔內的石地房間，有一道長長的旋梯沿著內牆往上盤旋，中間堆了亂七八糟的——

「書？」愛麗絲大聲說。

「當然了，」黛克西說，「每個主人一定都有自己的圖書館。」

至少傑瑞恩的書都擺在架子上，即使沒有好好分類或整理。但在這裡，書本就像垃圾一樣丟成一堆，愛麗絲看著那些折角的書頁跟破損的書脊，忍不住替它們感到有點難過。

「什麼都別碰，」蓋瑞特說，「你們都知道事情該怎麼進行，我們的主人會派人來清理這個地方，這不是我們的工作，況且，可能會有危險。」

愛麗絲深吸一口氣，她覺得蓋瑞特並不會聽她的警告，但她也不能就這樣冷眼旁觀。艾薩克跟龍之前畢竟交過手，也許願意聽勸，但艾薩克顯然不願跟她講話。

「蓋瑞特？」他們在門口外頭停下腳步時，她說，「可以跟你說個話嗎？」

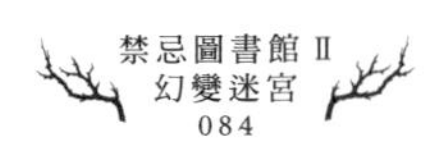

蓋瑞特挑起一邊眉毛，揮手要她到步道側邊，避開其他人。愛倫卻不請自來。

「我接到了……」愛麗絲猶豫了，「一個警告，是我束縛的生物發給我的。牠說我們要進去的這個迷宮還是活躍的。」

「活躍的迷宮？」蓋瑞特仰望那座塔以及後方錯綜複雜的通道。「這裡？」

「不可能，」愛倫古板地說，「伊掃被殺之後，守護者就已經離開了，活躍的迷宮必須有守護者。」

「我很不想這麼說，不過愛倫說得沒錯，」蓋瑞特說，「要是迷宮還在運作，我們的主人就不會派我們來這裡，因為那樣等於是自殺。」

愛麗絲無力地聳聳肩。「只是有這種感覺而已。」

「也許是因為守護者的痕跡還沒完全消散？」蓋瑞特說，「某種……氣味還是什麼的。」

愛倫輕蔑地瞟了他一眼。「活躍的迷宮是某種嚴密折疊的空間，不會有氣味。」她頓住，一臉沉思，「我想可能會有什麼備用的力量來源，可以讓迷宮在沒有守護者的情況下多運作一陣子。」

「也許吧，」蓋瑞特說，「可是儘管如此，沒有守護者的話，這裡就只是一組讓人摸不著頭腦的通道組合，沒有殺傷力，我們只要找到路走就行了。」

「不過，」愛倫說，「我們應該要小心。」

「我向來很小心。」

蓋瑞特向其他人說。「好了，我們進去吧。我跟愛倫帶頭，黛克西殿後，我們要緊緊待在一起。」

「我們要往哪個方向走？」愛倫說，瞅著塔內的房間。這一層沒有其他門口，只有往上跟往下的階梯。

「往上好了，」蓋瑞特胸有成竹地宣布，「我看到塔頂附近有座橋，我們應該儘可能往高處爬，比較容易看清要走的方向。」

到時也會摔得更慘，愛麗絲暗想，但她並未開口辯駁。她原本就不預期蓋瑞特願意回頭，而且老實說她也不確定他們是否該回頭。**他說得有理。如果這裡跟龍想的一樣危險，傑瑞恩就不會派我過來了，而且終結也會事先警告我。**可是蓋瑞特的態度裡有點什麼，讓她滿不自在的。**他太……**有自信了，她在傑瑞恩圖書館裡探索的經驗教會她一件事，就是永遠別對自己的假設太篤定。

學徒們排成一行，穿過門口進入高塔，遠遠避開了書堆。索拉娜一直跟愛麗絲並肩而行，艾薩克則在背後盡量跟她拉開距離，縮在自己的長大衣裡，彷彿寧可到別的地方去。蓋瑞特帶頭登上階梯，大石階經過幾個世紀的磨損之下，中間微微凹陷下去，他們開始往上爬。

這些階梯太過陡峭，愛麗絲無法自在地登高，雙腿很快就因為吃力而發燙。她扯扯史百克的線，強化自己的力氣，用一種彈跳似的步伐，從前一階躍起，彈到下一階去。黛克西跟在後面，看到這個情景開心地笑了，可是索拉娜跟不上，一副很可憐的樣子，愛麗絲只好又放慢步調陪伴她。

爬了三層樓，經過三堆書之後，他們到了入口對面有門的一個樓層。蓋瑞特探了探路，回頭通報說這個門可以通往沿著高塔外側盤旋的樓梯，而這道外側旋梯的盡頭就有一條步道。他帶頭穿過門口，如果說這道旋梯的另一側直直往深谷下，會讓他覺得不安，他也沒表現出來。愛麗絲也只能緊緊貼在高塔的石牆那側，下定決心絕不往下看。

既然愛麗絲現在對這些高塔的規模有點概念了，她納悶要花多少時間才到得了中央的圓頂建築。**即使我們走直線，可能也要好幾英里！**她希望其他人帶的糧食比她多。

正如蓋瑞特所言，階梯頂端那裡，有路通往一座長橋，往外連向另一座高塔。從底下往上爬，從這個角度可以看出，那一道橫亙鴻溝的薄薄石橋下方並沒有任何支撐，既沒有柱子，也沒有扶壁。她認為這座橋一定是靠魔法支撐的，可是這種想法並沒讓她好過多少，尤其因為她記得伊掃的魔咒現在應該已經隨著他死亡而消散了，**這種建築工法對我來說不是很合理**。

蓋瑞特顯然沒有她的那種疑慮，他沒等其他人就邁步踏上那座橋。艾薩克跟了上去，愛麗絲正急著要趕上去的時候，背後有人尖叫起來。

她轉身，黛克西跟索拉娜在她下方幾步之遙。她們後方有個很討人厭的東西正準備繞過圓弧塔面，讓愛麗絲聯想到螞蟻，只是這個生物大如馬匹。黑色圓頭頂端有四顆閃閃發亮、多刻面的眼睛，下方有一雙夾顎，跟愛麗絲的手臂一般長。

八支多關節的腳帶著牠往前進，不時發出甲殼盔甲的答答響。牠的身形太寬，沒辦法走樓梯，可是也沒那個必要。這個東西就攀在塔側上，像沿著廚房櫥櫃爬行的螞蟻，彷彿重力法則失靈了。牠的身體分成三節，最後一段接著一條長尾巴，往牠的頭頂回捲，尾巴末端上有一雙夾鉗。

黛克西用最快的速度奔上樓梯，抵達尖叫不停的索拉娜那裡，推推她，要她快動身。

「快跑！」黛克西吼道，「快過橋！」

蓋瑞特的腦袋從石頭步道邊緣探出來。「怎麼回——」他一看到那個東西就出聲咒罵。「躲到我後面！我來應付。」

「不！」黛克西說，抵達了愛麗絲那一階。「快跑！」

愛麗絲之前就已經拉了她的幾條線：簇群線做為保護用，史百克可以給她力量，好把那個蟻怪扯離塔面。黛克西經過她身邊的時候，她看到有另一隻蟻怪的腦袋從圓弧塔面探出來，然後又有一隻。原來有一整群在追獵他們。她又聽到蓋瑞特的咒罵聲。

「繼續走啊！」他吼道，「快過橋！」

黛克西趕著索拉娜往上踏上橋面，愛麗絲最後幾步倒退著走，這時蟻怪已經到了她們身邊。牠的尾巴往前甩來，愛麗絲縮頭閃避，夾鉗在她腦袋上方喀答作響。牠再次朝她撲來，她往旁邊一閃，窮盡史百克的力氣推了牠一下。蟻怪踉蹌一下，可是後腿依然穩穩攀住高塔。

更多蟻怪越過樓梯湧來，攀住塔牆。愛麗絲退回橋上，冒險回頭一看。黛克西跟索拉娜還沒趕上愛倫跟艾薩克的腳步，後面兩位幾乎快走到橋的一半了。蓋瑞特已經回頭走來，黑暗像黑煙一樣匯聚在他的雙手周圍。

另一隻蟻怪在愛麗絲面前抬起前半身，尾巴揮掃不停。這一次她避開了夾鉗，雙手擒住了尾巴，往後猛拽，把那個生物拉倒。蟻怪蠕動著八條腿，想要站好，可是她不給牠機會起身。她揪住牠的尾巴猛甩，好似甩動用線繩綁住的石頭，最後使勁拋下橋的邊緣，看著牠扭動著墜入深淵。

蓋瑞特抵達她身邊時，更多生物爬上了橋，像螞蟻橫越棍子一樣，攀在橋側上。

「妳先走，」他說，「先追上其他人。」

「我可以幫忙——」

「我應付得來。」蓋瑞特說。愛麗絲看著他用一手劈開空氣，一面薄薄陰影簾幕擊中帶頭的生物，直接將牠剖成對半，蟻身抽搐著癱在步道上，湧出黑色噁心的東西，然後緩緩滑過橋側，其他生物仍繼續往前進攻。蓋瑞特像拳擊手一樣把雙手舉在臉前，響亮地一笑。

愛麗絲猶豫片刻之後，繼續拔腿奔跑。恐怖的聲響從背後傳來，是甲殼破裂的噼啪聲，還有影刃揮砍的柔軟咻咻響，其中摻雜著蓋瑞特的奚落。就在她快趕上黛克西跟索拉娜的時候，一陣甲殼四肢發出的尖銳喀啦響，警告她苗頭不對。

兩隻蟻怪順著橋的底側爬行，避開了蓋瑞特，趕到了她們前方。兩個女生跌跌撞撞停下腳步，黛克西靈巧地縮身閃過了揮甩的尾巴，但索拉娜沒這麼靈活。一雙夾鉗扣住索拉娜的手腕，牢牢擒住她不放，將她完全抬離地面。她發出高亢刺耳的慘叫。

「索拉娜！」愛麗絲喊道。

愛麗絲奔向那個生物，卻被另一隻蟻怪攔住。她抓住牠的夾鉗，以史百克的力氣撐開。前方，另一隻生物困住了黛克西，她正用兩把閃著銀色月光的長劍揮砍。抓住索拉娜的怪獸正要帶著戰利品撤離，一路退到了橋側。

「蓋瑞特！」愛麗絲吼道，雙手極力要撐開蟻怪的夾鉗而發著抖。「想想辦法！」

「什麼？」

蓋瑞特轉身，看到索拉娜消失在橋緣，他動作迅速地送出一波影子，將那個生物切成兩半。蟻怪的前側撞上石頭橋面，可是後半段已經越過橋緣，酒醉似地在癱軟的腿上搖搖晃晃。接著，在尾巴還纏著索拉娜的情況下，蟻怪癱倒並開始墜落。

時間似乎慢了下來，女生恐懼的尖叫變成了細細的哀鳴。愛麗絲沒浪費力氣呼喊，而是在蟻怪的大顎之間一縮身，讓它們在她腦袋本來的地方撲了個空，然後衝向橋的邊緣，同時，手往口袋一探，掏出三枚橡實裡的一枚。索拉娜摔過橋畔的當兒，愛麗絲將橡實拋到地上，極盡自己的心念，猛扯樹精的線，然後一躍而下。

第九章 自由落體

她的力量一接觸到橡實，橡實就竄出芽來，好似彈簧緊繃的箱子小丑終於被釋放出來。白中帶綠的觸鬚朝著四面八方湧動，以瘋狂的速度成長，其中一根及時在愛麗絲躍下的時候趕上了她，纏住她的腳踝，隨著她的墜落不斷生長。

索拉娜就在她下方，正想從死去蟻怪的夾鉗中掙脫出來。愛麗絲雙臂儘可能貼緊身側，像跳水客一樣，將身體收到最窄的程度，最後距離近到足以抓住那女孩的胳膊。愛麗絲把她從生物那裡拉開，緊緊摟住她，然後閉上雙眼，把注意力順著那條細根往上送。她們墜落的時候，快速抽長的觸鬚也朝著其他方向冒出，急著在緊密的石頭之間尋找抓力點。盲目的小根推進了縫隙裡，急切地往內挖。愛麗絲讓那條纏住她腳踝的根放慢生長速度，逐漸粗壯起來，以便承受她的重量。可是要放慢，慢慢來！長太過頭會讓根斷掉。要是摔下去，**即使有簇群的保護也無力回天，不管有沒有堅韌的皮膚，到時只會變成岩石上的一團爛糊**。

她驅走那份思緒，全神貫注。她的下降開始放慢速度，但還是感覺得到新生樹木的纖維正發出抗議的呻吟。在頂端那裡，樹木緊攀住橋面的地方，樹根開始打滑扯離。

愛麗絲的胃部一揪。它撐不住的！她把索拉娜摟得更緊。拜託啊，拜託！那條長根發出嘎吱響，就快到了——

一切動靜戛然而止，愛麗絲謹慎地睜開一眼。

她跟索拉娜掛在那條根的末端，在輕風中款款扭動，下方只有無盡的黑暗深淵。愛麗絲可以感覺到樹根依然在生長，樹根為了強化自己的抓力，在岩石之間繼續蜿蜒伸展，可是末端另外還有什麼阻止它脫離橋面。她小心抱著索拉娜，仰頭望去。有張臉從遠遠上方的橋畔探出來，用雙手拉住那條根。那張臉小到無法看清五官，可是從那個蓬蓬頭看來，是黛克西沒錯。

愛麗絲吁出長長一口氣，往下看著索拉娜。女孩不再尖叫了，她暈過去了，沉甸甸地癱在愛麗絲的懷抱裡。在這種狀況下，會這樣我也不怪她。

即使有史百克的力氣，她抱著索拉娜也沒辦法攀上那條根藤，反而指示那條根繞著她倆生長，將她們往上拉。這個過程很緩慢，因為她當初塞進橡實裡的能量快要耗光了。等她們回到了橋畔，人蟻之戰已經結束，沿途四散著蟻怪的屍塊。黛克西先拉她起來，她們兩人再一起將索拉娜抬到堅實的地面。蓋瑞特把失去意識的女孩扛在肩上，大夥兒趕緊過橋，進到下一座高塔裡，艾薩克跟愛倫就在那裡等著。

「看吧，我們本來就預期會有這種狀況。有東西從書裡跑出來了，只是這樣。」

「我不同意，蓋瑞特兄弟，我們才到第一座塔，就有這種生物對我們發動攻擊，這種機率會有多高？擺明了就是刻意的伏擊。」

「這些東西應該在伊掃死前，就被派駐在這裡了，只是還沒做鳥獸散而已，我們還是沒理由驚慌。」

大家圍著小圈圈盤腿坐定，試著決定下一步行動。那次墜落所帶來的令人心跳暫停的恐怖感覺，正慢慢在愛麗絲的胸膛裡化開，取而代之的是翻騰的怒氣。

「沒有驚慌的理由？」她說，「索拉娜差點就死了。」

「我們要把她照顧得更好，」蓋瑞特說，瞥了瞥索拉娜躺平的地方，「老實說，我不知道她來這裡幹嘛。她年紀太小，不適合出這種任務。」

「這個任務應該要很簡單才對。」愛麗絲說。

「黛克西說得對，」艾薩克說，「這是刻意的伏擊。」

其他人全都驚愕地轉向他。愛麗絲認為，到目前為止，他在整趟旅程中說的話不超過三個字。現在他在破爛的長外套深處不自在地移動身子。「那還只是第一座塔耶。如果只是因為防護網消失的關係，我們會在每座橋上都遇到類似的東西嗎？」

「我應付得來，」蓋瑞特堅持，「我們如果都好好待在一起，就不會有任何危險。」

愛倫一反常態地安靜，雙手托住下巴，光輪在頭頂上發出柔和的閃光。她突然站起身，往下瞥瞥依然沒意識的索拉娜，然後走到蓋瑞特身邊。

「來一下，」她對他說，「我們得談談。」

兩個年紀較大的學徒繞過地上的書堆，走出了視線範圍。黛克西嘆了口氣，往後靠在手肘上。

「他們在幹嘛？」愛麗絲說。

「準備做決定啊，」黛克西說，「蓋瑞特兄弟跟愛倫姐妹要商量一下，看看怎麼做最好。」

「這樣不公平吧，我們其他人就沒得選擇嗎？」

「只有『跟著走』或是『回家去』兩種選擇，」黛克西說，「除非妳希望單獨行動。」

愛麗絲望向艾薩克尋求支持，可是他已經走離，無精打采地往另一個方向走去，外套在背後翻飛。**他到底怎麼搞的？**愛麗絲深吸一口氣，抵抗氣惱的感覺，然後移到索拉娜身邊，確定後者呼吸還順利，接著抬頭看著黛克西。

「我想我還沒跟妳道謝，」愛麗絲說，「謝謝妳在我跳下橋的時候拉住那條根。」

黛克西露出憂愁的笑容。「我不確定我小小的重量，對於救援有多少貢獻，可是一看到妳的行動，我絕不可能袖手旁觀。」

「妳比蓋瑞特更有貢獻，」愛麗絲說，「索拉娜摔下去，他也不管！」

「不要太苛求蓋瑞特兄弟，」黛克西說，「我想他那時有不少心事，每個主人給學徒的教育不見得跟妳受到的一樣。」

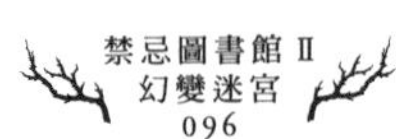

愛麗絲稍微坐直了身子。「我不確定妳是什麼意思。」

「最得寵者指示過我，真理之道給我們的教誨是，任何擁有這種偉大天賦的人都很神聖很珍貴。如果我有能力，我也會做跟妳同樣的事，可是有些主人會誤導他們的學徒，教導他們把同類視為對手、視為敵人，認為少一個也無所謂。」

「什麼？」愛麗絲俯視沉睡中的索拉娜，「那也太扯了，她還只是個小朋友耶。」

「我想，她也沒比妳小多少，我不知道她的來歷，可是我想不是很幸福的那種。」她搖搖頭。「不過，蓋瑞特兄弟有個想法可能沒錯，就是我不確定她應該跟我們一起參與這次行動。」

一陣沉默。愛麗絲嚥嚥口水，鼓起勇氣問道：「那艾薩克呢？妳跟他熟嗎？」

黛克西搖搖頭。「我之前還沒有那個榮幸跟艾薩克兄弟共事過，可是他似乎認識妳──」

索拉娜發出呻吟，黛克西趕到她身邊，從衣袍口袋裡掏出一只水壺。

想查出那個問題的答案，有個更簡單的辦法。愛麗絲把黛克西留下來照顧索拉娜，然後去找艾薩克。他沒走很遠，她瞥見他坐在通往樓上的樓梯半路，身子縮在破爛的大衣裡。她越走越近，他短促地抬頭瞥她一下之後又垂下腦袋。在火炬的照明下很難看清楚，不過她覺得他雙眼通紅，他在哭嗎？

「妳還好嗎？」他在長長的停頓之後說，語調死板。

「還好。」愛麗絲說。

「那就好。」他再次陷入沉默，讓沉默持續延伸，最後愛麗絲不自在地挪挪身子。

「你呢？」他沒回答，她搖了搖頭，「說真的，艾薩克，你到底怎麼了？我還以為一起經歷過那些事之後，我們已經是……」朋友嗎？如果是朋友，他就不會偷走那本書了。

他悶不吭聲，愛麗絲咬牙。

「欸，」她終於開口，「如果你是怕我生你的氣，那你不應該操這個心。也不是說我沒理由生氣，我有權在未來找個時間再生氣。我覺得我們應該先度過這次難關再說，你不覺得嗎？」

「愛麗絲……」

「嗯？」她的語氣太熱切，愛麗絲暗地咒罵自己興奮過頭。

「請不要再跟我說話了。」

「什麼？」

她好震驚，還來不及恢復情緒，蓋瑞特就已經從樓下呼喚他們了。艾薩克站起來，彎腰駝背地跟她擦身而過，拒絕正視她的眼睛。

愛麗絲怒火中燒，跟在艾薩克後面下樓，發現其他幾人都已經聚集起來。索拉娜

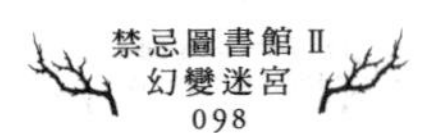

坐起身了，從黛克西的隨身壺裡喝了幾口水。蓋瑞特面帶笑容，但愛倫還是不改一貫的臭臉。

「她的狀況怎樣？」蓋瑞特對黛克西說。

「醒了，」黛克西說，「我想她沒受什麼重傷，只是受到太大驚嚇。」

「我沒事。」索拉娜說，聲音柔軟地顫抖。

「好了，」蓋瑞特兩掌合拍，「我們要繼續往前，至少暫時先這樣。不過我們要特別小心防範。我帶頭，愛倫殿後，我們緊緊待在一起，不要像之前那樣再受伏擊。」

「等等，」愛麗絲很不高興，「為什麼你們可以做決定？」

愛倫翻翻白眼。「如果妳不想配合，歡迎自己回家去，」她看看艾薩克，「這句話也是對你說的。不過，你們要負責對自家的主人解釋。」

「那索拉娜怎麼辦？」愛麗絲說，「我們其中一個可以帶她回入口那裡——」

「不要，」索拉娜說，聲音微弱但清晰，「我要待在你們身邊。」

蓋瑞特呵呵一笑。「至少她還算有魄力。」愛麗絲氣沖沖瞥他一眼，但他不予理會。「從這裡往上走兩層就有一座橋，走過去就能更接近中央圓頂。要是索拉可以走路了，咱們立刻出發。」

「是索拉娜啦。」索拉娜嘀咕，但蓋瑞特早已轉過身去。

愛麗絲跟黛克西扶著索拉娜起身，這個女生起初有點搖搖晃晃，蓋瑞特領頭走上繞塔而行的旋梯時，愛麗絲一直陪在她身邊。艾薩克尾隨愛倫，依然拒絕對上愛麗絲的視線。

「妳救了我，」索拉娜過了一會兒說，「可是為什麼？」

「什麼為什麼？」

「為什麼要救我？為我冒險？我……」她往下指指自己，然後搖搖頭。

「我不……」愛麗絲不知道該說什麼。她問為什麼，是什麼意思？有人有了麻煩，如果能力所及，就要幫忙啊。「我不能就這樣讓妳摔下去啊。」

「妳本來能的。」

愛麗絲不自在地聳聳肩。「要是我摔下去，妳一定也會救我。」

「不，」索拉娜說，「我不會。」

她走在前頭，留下愛麗絲盯著她的背影。

第十章 層層環繞的迷宮

「愛麗絲姐妹！注意背後！」

綠紫摻雜的長觸鬚滑過了橋側，上面有邊緣銳利如剃刀的吸盤，它來回擺動了片刻，彷彿品嘗著空氣的滋味，然後再往她的方向蛇行探過來。

愛麗絲覺得自己像是一輛油箱只剩廢氣的車子。她從來不曾連續這麼久的時間，把自己的法力推到極致，即使在對付龍的時候也沒有。這是他們跨越的第七或第八座橋——她已經數到搞不清了——幾乎是沿途每一步都要抵擋怪獸的進擊。就好像穿過獸欄全都打開的動物園，任由獅子跟熊抓訪客當點心吃。只是愛麗絲這時寧可要一隻光明磊落的獅子，也不要那些頻頻攻擊他們的各種類似昆蟲跟甲殼類的怪物。

她朝內心的線伸出觸角，感覺是當天的第一百次了。

黛克西在橋的另一邊，正忙著用雙劍抵擋一條類似的觸鬚。前方，這個章魚怪把身體抬上了薄薄的石頭步道，喀啦咬著亮橙色的嘴喙。艾薩克對準牠的眼睛射出一陣冰雹跟冰。觸鬚進入視線的時候，愛倫射出一陣陣讓人目盲的強光能量。

一如既往，最後讓他們在這場戰鬥裡反敗為勝的是蓋瑞特。艾薩克將那個生物凍結在原地時，年紀較大的那個男孩就用影刃，有條不紊地慢慢將生物劈成一塊塊。牠佈滿黏液的濡濕外皮太厚，他的影波頂多只能留下長長割痕，於是他索性把心力轉而集中在觸鬚上，一根根截斷。章魚怪發出奇怪的低鳴，幾根截斷的殘肢噴出恐怖的綠色液體，拖著殘存的觸鬚回到了橋的下方。

再幾百英尺就是下一座高塔了。六位學徒沒先討論，就有志一同朝那座高塔奔去。愛麗絲頓住腳步，抓住索拉娜的手，即使她的雙腿感覺重如鉛塊，每走一步，雙腳就無聲喊痛。一行人穿過塔門，進入了現在習以為常、中央有書堆的圓形房間，她差點因為鬆了口氣而喊出聲來。愛麗絲發著抖，伏低身子，黛克西在她身邊坐下。索拉娜靠著書堆癱成一團，閉著眼睛吃力地呼吸。

連蓋瑞特的眼睛都透著筋疲力盡的光，但他依然站著，大步繞著書堆走。

「這層樓應該有另一座橋，可以直接通往圓頂，我從外頭就看得到，」他說，「只要我們繼續走……噢。」

他停住了。愛麗絲勉強振作，視線越過書堆上方，看到他站在房間另一側，盯著一整面無門的牆。

「太好了，」愛倫說，「我還以為我們爬上剛剛那座塔的屋頂，你就已經弄清楚我們的方向。」

「是看到了啊，我剛剛明明摸清我們的方向了。」

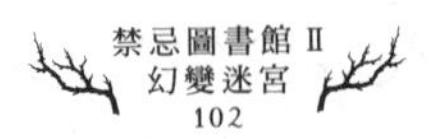

「顯然沒有，」她打從心底發出嘆息，「我想那就表示還得繼續爬了。」

「我知道這就是通往中央的路沒錯，」蓋瑞特堅持，「往上或往下走一兩層樓，就可以到下一座橋，只是這樣而已，我會找出來的。」

「蓋瑞特兄弟，」黛克西說，「我們必須休息一下了，也許晚點我再幫忙一起找路？」

「事情都在我的掌控當中，」他皺眉，「如果沒有必要，我可不想在這裡多待一分鐘。」

「我不確定自己有辦法再多過一座橋。」黛克西說。

「她說得對，」愛倫說，「我們的反應越來越不俐落了，如果繼續走，一定會有人受重傷。」

「好啦，好啦，」蓋瑞特說，「我去看看能不能找到下一座橋，你們其他人……在這裡等著，好嗎？這裡應該還算安全，別到處亂走。」

「我跟你一起去。」愛倫說。

蓋瑞特似乎累到無力爭辯，兩個青少年登上通往樓上的階梯。艾薩克原本在門口那裡徘徊，現在繞過書堆，走出大家視線的範圍之後，才砰地用力坐在地上。黛克西換成盤腿的姿勢，雙手擱在大腿上，閉上了眼睛。索拉娜一副已經睡著的模樣。

愛麗絲儘管疲憊不堪，還是伸出觸角去抓線，她握住通往龍的那條黑線。

你聽得到我，我知道你聽得見。

先是久久一陣空洞的沉默。接著，龍嘆口氣之後，用心念聲音回答了。

聽得到，但妳現在進了迷宮深處。

我們離主樓應該不遠了，愛麗絲想著，迷宮一直在我們四周變化，對吧？所以蓋瑞特才會迷路。

沒錯，迷宮之間的連結由守護者控制，他變換迷宮的結構，讓你們跟住在裡頭的生物發生衝突。

我們到目前為止都還算順利。

愛麗絲還算誠實，她願意承認，在抗敵上，蓋瑞特跟愛倫的功勞最大。蓋瑞特的傲慢態度起初讓她很氣惱，但在他讓大家見識到他的法力有多高強之後，這種惱怒稍微減低了。他的影波精準致命，法力似乎無窮無盡。

他在耍你們，龍說，如果他想要，三兩下就可以毀掉你們。

你說「他」，你知道這個守護者是誰？

我想我知道。龍猶豫了一下。是個叫「折磨」的迷陣怪，是個殘忍兇狠的生物。

所以我現在怎麼辦？在找到雅各以前，蓋瑞特跟愛倫不肯回頭。

我不知道，但如果其他人轉移了折磨的注意力，妳可能救得了自己。

我才不要丟下他們。

那妳必死無疑。龍的聲音戛然消失。

「你根本沒幫上忙。」愛麗絲咕噥。她往後靠在書堆上，書在她的重量下微微移動。一本撕掉封面的小書滑了下來，砸中她的後腦勺。

我會想出辦法的，她告訴自己。但她肚子深處有種忐忑感流連不去，怎樣都趕不走。掉進《簇群》的時候，灰燼告訴我我們死定了。我們跟龍對戰的時候，艾薩克也說過同樣的話，所以這次我們也可以撐過去的。

不過……

愛麗絲睜開雙眼。

她本來不打算睡的，可是最終還是不敵疲累。她看不出自己究竟睡了多久——門口外頭的夜空一成不變，隔著固定距離繞牆而設的火炬依然搖曳著火光。她的腿痛得不得了，那種深入骨髓的痛法，預告接下來還會變本加厲。儘管如此，她還是掙扎著站起身，引發另一場小小的書崩。

黛克西跟索拉娜也都睡著了，放眼不見其他人的身影。愛麗絲繞著那個書堆走，免得艾薩克在另一邊打起瞌睡，可是也沒看到他。她瞥瞥那道旋梯，嘆口氣之後開始攀爬。

我必須再試一次，努力說服他們。連蓋瑞特也一定明白，我們不可能永遠這樣拚門下去。要是她湊巧發現艾薩克在打瞌睡，她就可以制住他，要求他解釋為何一直躲她。狀況越來越荒謬了，我做了什麼事惹他不高興了？當初用賽壬歌聲困住我、偷走《龍》的是他耶！

往上走一層跟兩層都不見任何人影。愛麗絲搖搖頭，繼續往上爬，盡量把生命灌進隱隱作痛的大腿。

再往上一層——就她判斷，就是屋頂下方了——她在火炬低沉的劈啪聲底下，聽見了靜靜的呼吸聲。愛麗絲心想可能是艾薩克，於是儘可能放輕腳步，繞過無所不在的書堆。

結果卻發現了蓋瑞特，他往後倚在書堆上，腦袋往後仰，鼻子朝天，樣子好蠢，愛麗絲差點竊笑出聲。他的斗篷往旁邊攤開，她花了點時間才領悟到，斗篷底下是愛倫，緊緊貼在他身旁，腦袋輕輕倚在他的肩膀上，他的手摟著她的腰。

愛麗絲的臉頰燙紅，靜靜循著原路退開，回到了樓梯間。她搖搖頭。我本來還以為她受不了他，他們除了吵來吵去就沒別的了啊，她暗想，會有這種表現還真古怪。

既然都走這麼遠了，她決定再往上爬一段階梯，從塔頂瞧瞧整座城堡。階梯通往圓形塔頂，塔頂四周圍著鐵欄杆。往一側望去，中央圓頂就矗立在那裡，有高塔跟狂亂的網狀橋樑團團圍繞，看來依然遙不可及，還是不見艾薩克的蹤影。

他怎麼了？她可以感覺到事有蹊蹺。她想把他找出來，揪住他，逼他說實話，可是她拉不下臉。我為什麼要追著他跑？蓋瑞特跟愛倫在樓下互相依偎的影像突然不請自來，浮現在腦海裡，愛麗絲覺得自己臉又紅了。她轉身背向樓梯，抓住欄杆，手指下方的金屬平滑冰涼，我才沒有那個意思呢。

她佇立了一段時間，腦袋放空往外眺望城堡。她把欄杆抓得太緊，手指都麻了，最後轉過身來，卻發現平台上不只有她一人。

「妳不知道這有多難。」

有個男孩站在那裡，比愛麗絲高，可是非常削瘦，看了都讓人痛苦，彷彿好幾天沒吃飯。他的棕髮糾成一團，臉頰土灰下陷，一副骷髏的模樣。藍色眼睛從深邃暗沉的眼窩裡瞅著她看。

他身邊有個愛麗絲幾乎無法辨識的身影，像墨一樣黑，那種黑不是黑貓那種富有光澤的毛皮，而是像在世界上割出一個洞似的。背後有星辰襯托出牠的輪廓，她才能看出牠在場，最後牠把腦袋轉向她。接著有一些細節顯露出來——象牙色的長牙，泛黃，尖端銳利，犬類的寬舌是鮮血凝固的顏色。上方則是一雙眼睛，跟河冰一樣藍中帶白，在幽暗的光線中，瞳孔是巨大的圓。

是狗——不是狗，愛麗絲暗想，是狼才對——跟馬一樣大小的狼。她在牠的目光深處感覺到一種駭人的聰慧，讓她猛然想起跟終結第一次會面的情景，當時她在圖書館暗影裡對上了瞇細成線的那雙黃色貓眼。

第十一章 折磨

男孩看來並未察覺那匹狼就在他肩膀後方，他給愛麗絲一抹猶豫的笑容，虛弱地揮揮一手。

「嗨，」他說，「我們想說……我想說……過來一趟，妳知道的，大家可以談談，我們不覺得……」他越說越小聲，彷彿忘了講到哪裡，然後搖搖頭。「我不確定，很難記清楚要講什麼，妳叫什麼名字？」

「愛麗絲。」愛麗絲說，盡量克制自己，免得視線越過男孩，盯著巨狼的身影直看，「你又是誰？」

「我……我叫伊凡……」他停住，蹙起眉頭，彷彿耗了很大心力，「雅各，我叫雅各。」

「雅各，」愛麗絲瞪大眼睛，「你是伊掃的學徒？」

「是，應該說『以前是』，直到我殺了他為止。」雅各哀傷地輕笑了一下。

「我們就是來找你的啊！」愛麗絲說，「你可以跟我們回去，我們都可以離開這裡。」

「我想——」雅各停下來，眼睛鼓凸、喉嚨蠕動，彷彿嗆住了。

「妳的意思是，你們是來這裡殺他的。」另一位說，嗓音低沉得多。狼輕腳往前跨了一步，身形大到可以俯視愛麗絲，「或者應該說，把他拖到你們主人面前去，兩種最後都有同樣的結局。」

「我……」愛麗絲不大能否認這點，「如果你可以好好說明，會有幫助的。」

「我根本不想做那件事，」雅各突然激動地說，「我是不得已的，我沒有選擇——」

「你說夠了！」狼打岔，雅各突然不再說話，彷彿有東西塞住嘴巴，「他語無倫次，抱歉了，你知道我是誰嗎？小妞？」

雅各的眼神流露絕望與懇求。愛麗絲勉強自己別開視線，仰頭盯著狼。

「我猜得到，」她說，「你是折磨，伊掃的迷陣怪，這座迷宮的守護者。」

「看來我姐妹終結跟妳稍微解釋過了，」折磨說，「她也跟我說了不少妳的事，我一直想親眼瞧瞧妳本人。」

愛麗絲把身子拉得更高一點，深吸一口氣。「如果她跟你說了那麼多我的事，一定提過我叫愛麗絲，不叫小妞。我不喜歡別人把我當動物園展示品一樣盯著看。」

折磨咯咯笑了，發出低沉潮濕的聲音。「看來關於妳的事，她說的並不誇張。」

「既然你看過我了，你到底想要我們怎樣？要害我們一直繞圈圈嗎？」

「我不得不說，這陣子還滿有樂趣的，你們的掙扎沒有意義，卻還是這麼堅持，我很樂意把這整件事連續拖個好幾天。你們打算繼續努力多久？等到只剩四個人？三個人？兩個人？」他湊得更近，近到最後愛麗絲都能感覺到他口裡的熱氣。他的眼睛好大，像是藍色鑲邊的池子。「還是一個人？孤伶伶的待在黑暗裡？」

「**不會發生那種事**。」

他再次咯咯笑了。「我嗅得到妳的恐懼，小妞。別擔心，妳滿安全的。至於其他人，我早該解決掉他們了。要這麼早把事情劃上句點，是滿可惜的，可是，就像你們人類愛說的，該做的事情就得做。」

「我不會讓你傷害他們的，」愛麗絲說，然後拔高嗓門，「我不會的！」

「不會？」折磨說，「這可是我的迷宮啊，我無所不在、無處不在。我是牆壁、樓梯、地板跟天空。」他的聲音拉高成雷鳴般的咆哮，大到愛麗絲不得不舉手摀耳、閉緊雙眼。「**妳是哪根蔥啊，讀者，竟然想指使我！**」

愛麗絲睜開眼睛，耳朵依然嗡嗡作響，折磨跟雅各早已不見人影。她衝向階梯，卻發現蓋瑞特跟愛倫已經不在她剛剛離開的地方。她持續奔跑，兩階併作一階，可是等她抵達他們當初進塔的那層樓，也不見黛克西或索拉娜的身影，更不要說艾薩克了。

愛麗絲急亂地四下張望。那堆書看起來不一樣，這點她很確定。她繞著書堆快跑一圈，卻找不到睡過的那個地點。在樓梯上繞著圓圈奔跑之後很難判斷，但她認為門口

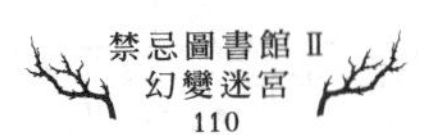

也變了位置。

這不是同一座塔。她驚慌失措，他把我移走了，現在——

她轉身狂奔上樓，強忍側腹的劇痛。她回到屋頂，氣喘吁吁，然後撲向柵欄，往下俯瞰，看看有沒有其他學徒的蹤跡。

他們可能在任何地方。她的腦海裡還聽得到折磨可怕笑聲的回音，還是一個人？孤伶伶地在黑暗裡？

在那裡！遠遠的下方有光綻放，愛麗絲看出愛倫光輪的刺眼光束，就在一小群匆忙趕路的人影之間。他們從一座塔的門口，奔上一道長橋——愛麗絲看到，他們是被一群振著翅膀的蝙蝠怪驅趕出來的。一大群那種生物團團繞著那個光，一起簇擁上來，只是一次次被愛倫爆出的燦爛能量，或是蓋瑞特的影波趕開。另外三個學徒在這兩個青年旁邊，弓著身子快跑，遮住臉免得受到那群飛行生物的攻擊。

愛麗絲往下俯瞰，看到有幾座橋從她所站的高塔輻射出去，心裡快速盤算一下。這些橋沒有一座可以直接帶她到大家身邊，但有一座橋可以橫越他們上方。如果選對了地點，如果夠瘋狂敢一躍而下，或許可以勉強對準目標……

反正也沒什麼選擇。愛麗絲衝下階梯，找到對的那個門口，然後快跑登上那座橋。她的下方，正在攻擊學徒們的小生物，多了一群身形更大的生力軍。原來小隻的那些是魚類，不是蝙蝠，有寬闊的帆狀鰭。較大的那些生物更像海豚，原本該有背鰭的地方長了綠色囊袋。牠們靠著鰭足在空中靈活穿梭。其中一隻衝向學徒時，愛麗絲看到牠露出了滿口猙獰的利牙。黛克西縮身躲過，牠滑過了她的頭頂。蓋瑞特用影波逮住了下一隻，牠擦過橋身，摔進黑暗裡。

他們不會有事的。愛麗絲放慢了原本死命狂奔的腳步，沿著自己那座橋小跑步，持續觀察那場戰鬥。她試著評估該從哪個點躍下——大概有四、五十英尺的距離，要是她用簇群強化自己，應該不成問題。除非她完全錯過了他們那座橋，這麼一來，無論皮膚多堅韌也都無濟於事，**也許往下跳根本不是個好點子。**

有什麼東西發出了哀鳴，那種遼闊駭人的聲音從岩柱反彈回來，迴盪不停，感覺同時來自一百個方向。下面的每個人都凝住身子，環顧四周想找噪音來源，攻擊學徒的那些生物彷彿受驚的小魚一般，立刻四散奔逃。愛麗絲近到足以聽見愛倫的喊聲，隨著她手指的方向，往下望入黑暗。

一個鼓脹的龐然巨物從黑暗中升起，由牠自身發出的淡綠色光線照亮。看起來像是變形腐爛的鯨魚，身上淨是瘡痂般的巨大腫塊。額頭上突出五根長桿，好似蛞蝓的觸角，那五根觸角全往下對準學徒，愛麗絲領悟到那一定是牠的眼睛。巨大多肉的嘴唇往後拉開，露出彼此嵌合的三角牙齒，模樣有如鋼鋸的刀刃。牠的尾巴懶洋洋地擺動，推著牠在橋上方往前進，然後往下朝著學徒進擊。

「快閃！」愛麗絲聽到蓋瑞特大喊。

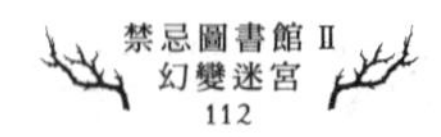

「可是——」愛倫開口。他一把將她推開。

「走啊，馬上！」

即使在高處，愛麗絲也能感覺到他猛扯內心的線時的張力。陰影從各個方向朝蓋瑞特快速湧來，將他的身體裹在顫動不已的黑暗裡。一波波陰影好似起了漣漪的黑墨，紛紛落在他的四周，最後他在火炬映亮的石頭上，成了一抹漆黑。接著他將自己攤展開來，成為狀似人類的形體，但有人類的兩倍高，一絲絲的黑在他的周身簇擁翻騰。

那個生物像一座山，由佈滿腫瘤的肉身所構成，正準備降下，蓋瑞特變成的東西踏進了空中，彷彿登上隱形的階梯，準備攔截那個生物。他舉起一手，掌心向上，然後握成了拳頭。一陣墨黑的煙霧噴射出來，將那個鯨怪徹底包覆在漆黑的霧氣裡。淺綠色光線消隱無蹤，愛麗絲的心一跳。

他辦到了！他——

黑煙構成的罩布顫動起來。陰影生物偏著腦袋，彷彿覺得好奇。

接著鯨怪的龐然身軀一舉衝破了那片黑霧，身側的巨大傷口拖著一道藍黑色的血，卻沒有因此放慢行進的速度。牠打開嘴巴，越張越大，最後整個腦袋撐成了兩半，那圈牙齒形成完美的圓圈，就像捕熊陷阱的鉗齒。

蓋瑞特舉起雙手，可是慢了半拍。鯨怪已經到了他的上方，以難以置信的速度喀嚓一咬，彷彿真的是捕熊陷阱，順利將蓋瑞特誘捕成功似的。牙齒咬合時發出槍響般

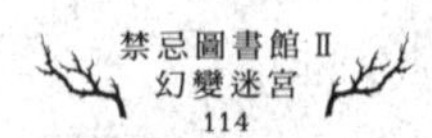

的喀答聲，蓋瑞特沒了蹤影，彷彿只是個路過的蒼蠅，整個消失在那個生物的巨形身軀裡。

愛麗絲聽到愛倫放聲尖叫。鯨怪朝著那座橋降落，幾乎直直往下撞去，寬闊的尾巴一面狂甩。學徒們分頭狂奔，各自朝著橋兩端相對安全的高塔衝去。

「艾薩克！」愛麗絲的叫聲被生物撞上橋面的巨響掩蓋過去。巨大的石塊嘎吱作響，紛紛往下墜落。生物扯掉了五十英尺寬的橋面，剩下的兩端無法支撐自身的重量，開始崩落。碎石噴湧的塵雲讓她看不清其他人的狀況，頂多只能隱約瞥見被石塵籠罩的人影為了保命而奔逃。

她全神貫注在下方的情況，沒看到鯨怪的尾巴往上揮甩、猛砸過來，看到時已經慢了半拍。鯨尾以龐大無比的力量擊向她站的那座橋。這個衝擊讓愛麗絲飛進空中，整個人離開了步道，下方除了空蕩蕩的空間之外別無一物，她震驚到連出聲驚叫都沒辦法，當無止盡的墜落開始時，她只能閉上眼睛。

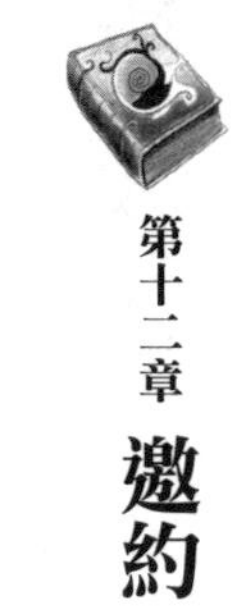

第十二章 邀約

愛麗絲撞上了平坦的石地，力道不是很大，彷彿只是不小心滾下了床。一時片刻她動也不動，四仰八叉躺在地上，呼吸淺薄快速，心臟快要炸開一般地猛跳。腦海裡反覆響起那頭怪獸的牙齒喀嚓咬合、吞下蓋瑞特的聲音，接著是那座橋的石塊嘎吱解體的巨響，當時她卻只能凝結在原地，無助地觀望。

艾薩克跟其他人當時有拔腿開跑，可能已經安全逃離。

她睜開雙眼，星辰往下俯視著她，燦爛、遙遠、漠然。火炬映亮的幾座幽暗巨塔聳立在附近。

所以我還在伊掃的堡壘裡。她有種瘋狂的希望，就是可以在家裡的床鋪上醒來，畢竟她上次跟樹精打鬥差點喪命的時候，最後就是這樣的。**可是這不一樣。**之前那次是囚禁書，有傑瑞恩守望著她。在這裡，在另一個讀者的迷宮裡，那個老巫師不可能知道她需要幫忙。

真希望灰燼在這裡。那隻貓從來就派不上用場，可是有他在身邊還是有撫慰效果。**或是有終結，甚至是艾薩克也好。**不過，想法繞了一圈又回到原地：她最後在逐漸崩塌的橋上，瞥見匆忙趕路的人影。我確定他們成功逃離了，他們非得成功不可。除了蓋瑞特之外，他當時首當其衝，擋住怪獸的去路。愛麗絲用力嚥了嚥口水，眨掉淚水。

要是灰燼在這裡，他就會催我起來，叫我開始行動。愛麗絲坐起身，揉揉肩膀撞上石頭而發疼的部位，然後環顧四周。

她在另一條石頭步道上。但如果外圍高塔之間的橋算是花園小徑，那麼這條就比較像市中心的大街，路面寬闊到足以讓兩輛汽車並肩行駛。步道兩側有較小的支柱往附近的高塔延伸，然後上下交錯纏繞，就像編織者的惡夢。

正前方就是中央主樓的圓頂，由一圈火炬所照亮。

好了，一定是折磨帶我過來的，可是為什麼呢？

愛麗絲摩搓口袋裡剩下的兩枚橡實。除了無盡火炬搖曳的火光之外，四周了無動靜，似乎沒有怪獸的蹤跡。她判定，這個地方恰好可以讓她喘息一下。

部分的她急著想衝去幫忙艾薩克跟其他人。可是另一部分的她——比較重邏輯的那部分——點出她並不知道該往哪裡衝，而在迷宮裡隨便闖蕩沒什麼作用。距離上一餐已經有好幾個鐘頭，這期間她只喝了黛克西水壺裡的幾口水，希望這個有用。

她把一枚橡實拋向地面，然後彎身將手指貼在橡實上，接著拉動樹精線。塞在小種籽裡的能量爆發出來，根鬚往岩石之間的縫隙猛鑽，枝椏像水柱一樣朝上噴發。愛麗絲掌握住那股迸發的力道，將它控制好，小心讓這棵樹在長到五六呎高之後，就往新方向伸展。

不久就出現了不協調的畫面：枝繁葉茂的小樹站在荒涼的石徑上。愛麗絲一手搭在樹幹上，飢腸轆轆望著綠芽苞在枝椏上形成，迅速脹大成小小圓圓的果實，懸掛在粗枝上。她思索，要櫟樹種籽長出水果來是有點怪，不過樹精的威力可以凌駕任何瑣碎的生物學限制。只要順著妥當的管道，將她塞進橡實裡的生命力量引導出來就行了。

小樹已經結出了二十幾枚果實，幾秒鐘內就熟成了鮮豔的橙紅色。愛麗絲摘下一枚，謹慎地咬了一口。味道幾乎像蘋果，但不完全像。不過，果實甜美多汁，咬下去汁液幾乎噴得滿嘴是。她快速啃光之後，伸手又摘一枚。

幾分鐘過後，她心滿意足，摘下其餘的菓子並塞進口袋。那棵樹多葉的枝椏擺脫了果實的負荷，在微風中沙沙搖曳。愛麗絲心中為這棵植物湧現同情——被魔法召喚到這個惡劣的環境裡，不可能存活太久——於是搖著頭，背倚著樹幹坐下，**現在不是傷感的時候**。

她讓心念抓力落在腦海深處的那條黑線上，黑線在其他線的下方蜿蜒著。是龍。

她一碰到那條深色的線，就感覺有一種古怪的張力突然竄過。某處，有另一個心靈正朝著這條線探出觸角，只可能是那個人：**艾薩克！他還活著**。她胸口那個憂慮糾成的結稍微鬆開了，她必須提醒自己，她還在生他的氣呢。**況且，我們距離脫離險境**

還遠得很。

她把思緒轉向龍本身。

我知道我來這裡很蠢，你說得可能沒錯。可是我既然都來了，我需要你的幫忙，要不然我真的會死掉，拜託。

一陣長長的沉默。

我正在聽，龍說，可是我幫得上的忙，可能沒妳想像中的多。

你不能跟艾薩克講講話嗎？

不行，我說過，我進不了……他的心思。

愛麗絲皺眉。你知道折磨為什麼要帶我來這裡嗎？

這裡看來是主樓的前門，我猜他可能是對妳發出邀約。

可是為什麼？為什麼是我，不是其他人？

我不知道。

我覺得你在說謊，愛麗絲咬緊牙關，等著龍發出怒吼，可是一直沒有。只有一陣停頓，久到她都擔心龍完全不跟她講話了。

接著，他說，妳為什麼這麼說？轟隆隆的心念聲音裡有一絲鋼硬。

因為我認為你跟他們是同一掛的。愛麗絲深吸一口氣，就是迷陣怪。你感應得到迷宮，而且終結把你叫成兄弟，折磨叫終結姐妹，我就想——

我懂了，很合邏輯。

是真的嗎？

……對，我們是親族。

所以你覺得，折磨是因為我跟你有牽絆，所以才特別把我挑出來嗎？

也許。

既然是這樣，艾薩克可能也不會有危險，愛麗絲的恐懼稍微減輕了點。你能不能幫點忙？你可以……跟折磨對打，還是告訴我出去的路嗎？

沒辦法。

愛麗絲把身子貼得離樹幹更近。是因為我不夠強大，沒辦法運用你的力量嗎？

跟妳毫無關係，是我自己跟手足之間的問題，我沒有義務解釋。這樣說就夠了：我不能介入，我已經透露太多了。

愛麗絲的心裡湧現憤怒的火光。如果我們都死了，你也無所謂？

我不相信折磨有意殺死妳。事實上，妳從橋上摔下來的時候，是他救了妳。至於其他人，就不在我關心的範圍。

我想，你只會安安穩穩待在自己的書裡。

就跟在監獄牢房裡一樣安全。龍的心念聲音兇狠起來，等妳先在鐵籠裡被關上一千年以後再來教訓我。

然後他就消失了。愛麗絲吁了口氣，鬆開對龍線的抓力，腦袋往後靠在粗糙的樹皮上。

邀約。她的視線順著寬闊大道，抵達那棟圓頂建築。我應該跟著走嗎？剛剛在那座橋上，她只能當個作壁上觀的人，現在顯然得當個順著既定軌道走的乘客。

她站起來，拍掉身上的塵埃，怒瞪圓頂建築一眼。好，是你自找的。

幾分鐘過後，遙遠的尖叫聲飄蕩在伊掃的堡壘之間。愛麗絲驟然停步，極力傾聽，可是沒再聽到尖叫聲。是女生的聲音，就她所知，目前在堡壘裡就只有三個人類女孩。

圓頂主樓就在前方，可是愛麗絲轉身逆向而行，朝聲音的方向奔去。她循聲走下一條彎曲的窄橋，這座拱起的橋穿過夜空，經過好一段距離才接上另一座高塔，愛麗絲時不時頓住腳步聆聽。又一聲尖叫，這次更響亮了，讓她知道至少前進的方向是正確的。

她抵達橋的盡頭，那座高塔聳立在她前方。她可以看到另一座橋，在兩層樓上方，於是她縮身閃進拱門，順著熟悉的旋梯，兩步併一步疾奔上樓。出口就在她預期的地方，她拔腿衝了過去，卻發現——

自己回到了大道上，靠近她剛剛起步的地方。圓頂主樓依然在她前方升起。她的小果樹已經微微凋萎，是那條無止盡步道上唯一的路標。

折磨。愛麗絲咬緊牙關，又傳來一聲尖叫，現在變得相當遙遠，她又狂跑了起來，順著一座彎橋前行，這座橋後來連上了螺旋樓梯。她往下跑了好久好久，等她抵達樓梯底部時，卻發現連回了同樣那條寬廣大道，就是剛剛出發的地點。愛麗絲怒吼一聲，連忙轉身，以危險的速度衝上樓，在旋梯上繞了一圈之後，趕緊踉蹌奔出門口，氣喘吁吁，腳下卻依然是她那棵小樹前方的平坦石地。

迷宮。頭一次她真正理解何謂迷宮，她想起維斯庇甸，當初他從她身邊逃進了圖書館的黑暗地帶。她頓時對那隻小壞妖精生出一絲同情，她想像終結玩弄他的情形，就像貓咪耍弄半死不活的老鼠。**只是現在，我就是那隻老鼠。**

主樓再一次出現在她前方，比之前都更近了。

他在耍我，愛麗絲領悟到。如果他想要她去主樓，可以乾脆把她送進那裡——這一點他表達得很清楚。迷陣怪是要她放棄、要她承認他的威力，然後自願走過去，他就是要她屈服。

這可是我的迷宮啊，我無所不在、無處不在。我是牆壁、樓梯、地板跟天空。妳是哪根蔥啊，讀者，竟然想指使我？

「我就是不要！」愛麗絲沮喪地猛踢正在凋萎的樹。附近的某個地方，艾薩克跟其他人正身陷危險，可是她卻到不了他們身邊，完全幫不上忙。

低沉的聲音飄過空氣，愛麗絲認出那是折磨柔軟潮濕的輕笑聲，她想放聲尖叫。

她拔腿就跑，不在乎自己根本不知道要往哪裡去，她走下一條步道，再登上另一條步道。有一道樓梯往上走，她踏上去，當她看出這道樓梯又要把她帶回主樓的時候，就跳下來，落在附近的一座橋上，兩端各有一座高塔。她的靴子打滑，一時之間在橋緣搖搖晃晃，手臂狂亂揮擺，最後好不容易將自己往前推，才痛苦地重重摔在步道無情的岩石上。

「我就是不要！」她說，嚐到了撞破嘴唇的血味。另一聲尖叫飄過堡壘。「就是不要。」

她坐起來，渾身發抖，那座橋現在又直接連向了主樓，她一點也不意外。愛麗絲毅然決然轉身背對大本營，她前方有另一座高塔，可是並沒有門口，只是一堵扎實的牆壁。愛麗絲的身體因為怒氣跟受挫而嗡嗡作響，她怒吼著直直衝向塔牆，準備承受痛苦的撞擊。

在她內心深處卻有什麼挪動了。它使力、扭動、喀啦斷裂，彷彿她有根骨骼突然讓位了，可是卻沒有痛感，只是深刻地感受到四周的空間，彷彿前半生一直戴著眼罩跟耳罩過活，而現在這些罩子突然都挪開了。她依然在奔跑，感覺得到世界的肌理，彷彿極薄的布料滑過她的指間，感覺它在哪裡扭曲、擠縮跟折疊。

尖叫聲就是從那裡傳來的，距離還很遠。可是只要抓住這塊布，把它拉成新的形狀，把這裡跟那裡掐在一起，彼此之間的距離就不會這麼遠了。然後——

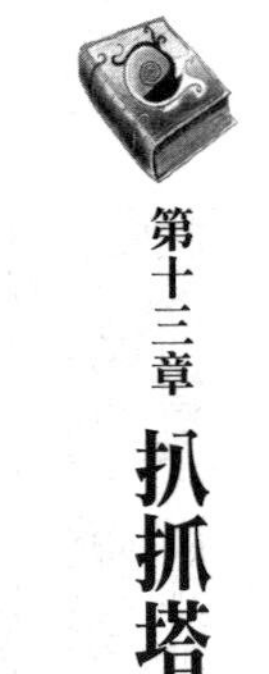

第十三章 扒抓塔

愛麗絲滑著腳步停下。她還在一座橋上，不過已經不是原本那座。聳立在她四周的高塔不同了，已經看不到主樓的圓頂。她前方原本是一堵扎實的牆，現在卻有拱門可以進入高塔，尖叫聲就是從裡頭傳出來的。

她不知道剛剛發生了什麼事，可是沒時間可以浪費。愛麗絲抓住簇群線，以免萬一，然後衝進塔裡。這裡的牆上沒火炬，為了照亮眼前的路，她連忙猛扯惡魔魚線。淡綠色光芒照出了周遭的環境，她突然停住腳步，驚恐地張望四周。

這座塔的內部跟其他高塔都不同，這裡沒分樓層，只有整個空蕩蕩的空間。整座塔就是一個巨型圓柱體房間，生鏽的鐵梯險象環生繞著邊緣盤旋而上。

等愛麗絲的眼睛適應了明暗之後，可以看到鐵條圍住的迷你窗戶，不過從塔外看不出有這些窗戶。她抬頭一看，可以看到一球暗紅色的光，懸浮在她上方三、四層樓的高度那裡。惡魔魚的光跟那種地獄式的紅光一起投下了扭曲可怕的陰影。

尖叫聲絕對是從樓上傳來的。她開始往上爬，起初動作很快，後來比較謹慎，因為鐵梯會晃動，螺栓嘰吱作響。她抵達了第一扇小鐵窗，但窗外除了一片黑到惡魔魚光無法穿透的幽暗之外，什麼也看不到。

她路過窗戶的時候，鐵條後方有東西動了，穿過窄小的空間，朝她伸來。是隻模樣病懨懨的削瘦手臂，皮膚汙穢，長指甲的尖端乾裂。手指盲目地摸索，想抓住愛麗絲，指甲刮過了她的衣袖。愛麗絲為了躲開那個東西，差點往後退開一步，還好及時想起「退後」就會摔下階梯，一路墜落到遠遠的塔底。她只是揮手趕開那個東西，然後連忙往前趕路。

更多手臂從小小窗戶冒了出來，有如從繭蛹裡竄出來的恐怖蟲子，模樣跟膚色各有不同，有男有女，還有可憐兮兮的幼童。彷彿塔牆的另一邊有大批囚犯，又盲又啞，迫不及待想抓住任何可以到手的東西。必要時，愛麗絲把它們推到一旁；要是被它們的手指揪住了，就猛扯脫身。它們不停扒抓她的衣服、腰間小袋、頭髮，殘破的指甲在她手背上留下抓痕，她把簇群線拉得更緊，好讓皮膚更強韌。塔內溫度隨著她往上走而攀升，彷彿在巨型烤箱裡攀爬，她的臉不久就蒙了層汗水。

她來到暗紅色球體的高度時，可以看到裡面有個小小長方體懸在裡面，彷彿吊在隱形的線上，緩緩轉動著。是一本書：突然間，她明白自己在哪裡了。這是從某本書滲漏出來的另一個世界片段，就像傑瑞恩圖書館裡的那個叢林。伊掃利用的顯然是高塔，就像傑瑞恩用的是一群群書架。可是，如果這是從那本書滲漏出來的東西，那書裡面到底有什麼？愛麗絲判定自己永遠都不想知道。

在樓梯上再繞幾次彎，一路閃躲急切的爪子，她看出自己快到屋頂了。還好階梯頂端有個開口，露出了一圈涼爽遙遠的天空。愛麗絲縮身躲過粗壯多毛的臂膀，看來像是馬戲團大力士的手，然後拔腿衝完最後幾階，及時趕到寬闊的圓形屋頂，聽到了另一聲尖叫。

有個新的聲音回應那聲尖叫，是個濕答答、碾磨不停的恐怖聲音，彷彿有人用虎頭鉗猛壓一塊生牛排。愛麗絲舉起手，藉著惡魔魚的光線想看看眼前的情景，卻不由自主地發出詫異的驚叫。

那個東西讓她聯想到蜘蛛，可是她寧可是蜘蛛，即使是巨型蜘蛛也總比眼前這個好。牠的身體是一團沒眼睛的圓形蒼白肉球，埋在糾纏難分的肢體裡，幾乎隱沒不見。這些肢體是幾十隻人類手臂，拉長拗併成不自然的恐怖形狀，手掌充作生物的腳丫。更多手臂往上突伸，比愛麗絲的身高還長，每隻手有三到四個肘部，在那些「腳」的上方往外探出，頻頻想抓取東西。就像窗戶裡的手臂，這些手臂各不相同，有的是指頭粗壯的男性大手，有的是女士的纖纖細手，甚至有變形的嬰兒拳頭揮動個不停。

塔頂邊緣圍著高聳尖刺的鐵柵欄，那個生物正順著柵欄往上爬，靠著一手又一手，將自己往上拉。愛麗絲一時看不出牠正要往外爬向什麼，接著便看到了索拉娜細瘦的身影，她正攀著柵欄外側，絕望地輪流抓住一根又一根的鐵桿，想逃離怪獸的追殺。

「索拉娜！」愛麗絲盡量把惡魔魚的光線打到最亮，揮手要引起那個生物的注意，但是毫無作用。牠眼中只有獵物，滑過了柵欄頂端，不顧尖刺在下肢扯破的傷口正在流血。索拉娜深吸一口氣，愛麗絲一時以為她就要往下跳——

結果索拉娜把自己往前拉，穿過了鐵欄杆，彷彿欄杆跟霧氣一般虛幻。那些手撲了個空，索拉娜衝向愛麗絲，氣喘吁吁。生物猛然轉過身來，將自己推回柵欄內側，降落在屋頂上。牠朝索拉娜衝來，那些手拍擊石頭的聲響，有如有上百人同時鼓掌。

愛麗絲放開簇群線，猛扯史百克的線，用力到讓牠突然成為實體。小恐龍鼻子噴氣，然後拔腿衝刺，粗短的腿好似活塞一樣上下擺動。才幾碼的距離，他就已經加速奔騰起來，頭角瞄準那個多手臂的恐怖生物。經過索拉娜身邊時，史百克的腳已經快得一團模糊。

好幾隻手臂往下彎折，想逮住恐龍。可是史百克實際上比外表笨重多了，牠的衝刺帶著驚人動能。怪獸的一隻手勉強揪住了一隻恐龍角，卻只是被扭得往後彎，彷彿想抓住貨運火車頭似的。史百克像一顆拋出的鉛球，速度幾乎沒有減慢，將那個龐然怪物往後拖，最後一起狠狠撞上屋頂邊緣的鐵柵欄。鐵柵在重壓下發出呻吟，要不是那個蛛怪伸出所有的手臂，想辦法抓住柵欄的另一邊，否則牠們兩個早已翻身摔下塔頂了。在兩者加起的重量之下，鐵柵欄有一整段險惡地向外傾斜。

索拉娜驚愕萬分。愛麗絲往前衝，抓住她的手。

「愛麗絲，」索拉娜眨眨眼，「妳竟然來救——」

「沒時間了，快來。」

「牠會攀著塔爬，」索拉娜說，「我們跑不過牠的。」

愛麗絲陰鬱地點點頭，拖著索拉娜到樓梯頂端。她閉上雙眼，再次探向那張奇特滑溜的織物，就是她之前短暫抓過、將她帶來這座塔的東西。織物裡有種張力，彷彿有別人在扯另一端，可是愛麗絲依然抓住了小小一塊，然後掐捏。她感覺空間在她周圍扭動，她既沒睜開眼睛，也沒放開索拉娜的手，就這樣盲目地跨步往前。

這座塔的熱氣跟暗紅色光不見了。當她睜開眼睛，樓梯通向了相當不同的高塔，那裡有平凡的石牆，地板中央照例有書堆。愛麗絲帶著索拉娜往下走幾步，然後突然停下腳步，有陣幻痛竄過她的身體。那個蛛怪把史百克抬到半空，抓著可憐恐龍的四肢朝不自然的方向扭，愛麗絲趕緊用念力讓恐龍消失，同時也放開了自己掐住的空間。那片織物轉眼間彈回原狀，連接這裡跟那裡的路徑關閉了，她們安全了。

「妳竟然來救我。」索拉娜低沉地細聲說。

兩個女生癱靠在書堆上。愛麗絲一時希望折磨可以現身，這樣她就能當面嘲笑他，對他尖叫表示不服。她可以感覺到他拉動那塊織布，那雙冰藍色的眼睛淡漠地瞅著她。等著瞧吧，我會把大家都救回來的。

「愛麗絲？」

愛麗絲意識到自己分神了。她轉頭望向索拉娜。那個女生脹紅了臉，皮衣上有幾個參差的破洞，可是似乎沒受什麼嚴重的傷，感謝老天。

「嗯？」愛麗絲說。

「為什麼？」

什麼「為什麼」？

「妳為什麼要來找我？」索拉娜縮起膝蓋，用手臂緊摟在胸前。「妳以前就幫過我，我不懂妳到底想從我這裡得到什麼。」

「我什麼都不要，」愛麗絲說，「要是我不來，妳可能會死。」

「我服侍的人是妳主人的敵人，」索拉娜說，下巴靠在膝頭上，「所以我就是妳的敵人，要是我死了，妳會很高興才對。」

「別傻了，即使傑瑞恩跟妳主人……關係不好，也不代表我看到妳受傷會很高興。」愛麗絲搖搖頭。「我不希望任何人受傷。」

「我實在搞不懂妳。」

「我們逃過一劫，妳難道不高興？」

「我主人派我來這裡，」索拉娜說，「如果我死了，那也是他的意思。」

愛麗絲伸直了疼痛的雙腿，一手揉揉肩膀，史百克的痛苦依然縈繞不去。她的手肘碰到了口袋，想起自己在裡頭放了什麼。她掏出兩個類似蘋果的東西，朝其中一個咬了一大口，遞另一個給索拉娜。女生的臉蒙上懷疑的陰影，愛麗絲翻了翻白眼。

「拜託喔，」她說，「我總不是為了要毒死妳，才去救妳的吧。」

索拉娜稍微放鬆了身子，接過蘋果，謹慎地一口咬下，舔了舔豐沛的汁液。

「好吃。」她輕聲說。

「如果妳還餓，還有幾顆。」

索拉娜小心小口吃著水果，吃完之後用手背抹了抹嘴。她往後癱靠在書本上，雙腿往外伸，發出一口長長抖顫的氣，愛麗絲看到她眼角閃著淚光。

「我本來以為……」索拉娜說著便用力嚥嚥口水，「那個東西一路追著我到塔上，那些手拚命要抓我。我逃到塔頂的時候，以為一定完蛋了。我死在這裡，是我主人的意思，能夠實現他的旨意，我應該要很高興。」

「妳那時候在尖叫，」愛麗絲說，「所以我才找得到妳。」

「我忍不住，」索拉娜說，「我好怕。我不應該害怕的，可是就是很怕，我不想死。」

「我必須說，那種反應很正常。」

「妳不懂的。」

「嗯，」愛麗絲說，「我是不懂，不過不要緊，我們不會有事的。」

索拉娜抬起頭，斜瞟一下愛麗絲。「我根本不應該跟妳講話的。」

「跟我？」

「跟任何一位學徒。我的主人告訴我，我會被不潔的想法汙染，他說要是我受到汙染，可能不得不毀掉我。」

愛麗絲正準備說她主人糟糕透了，卻想到這可能是「不潔的想法」，於是制止自己，免得索拉娜惹上麻煩，最後只是點點頭而已。

「妳現在打算怎麼辦？」索拉娜問。

「我們必須找到其他人，」愛麗絲說，「艾薩克跟其他人。」

「妳想他們還活著嗎？」

「蓋瑞特可能不是，」愛麗絲說，「可是妳活著，而且跟妳比起來，其他人似乎——」她想說得委婉點，「對戰鬥更有經驗。」

「戰鬥根本不是我的專長，」索拉娜說，「我不應該來這裡的，如果——」她停住，然後搖搖頭。「算了，妳打算怎麼找他們？我們在蓋瑞特那個之後就分開了，我不確定能夠找到原來的路。」

狀況比妳知道的更糟。「我可能有個辦法可以到他們身邊，不過，要試試看才知道有沒有用。」

「就是妳帶我們來這裡的方法嗎？」

愛麗絲點點頭。

「妳的縛物有這種能力嗎？我從沒見過這種事。」

愛麗絲推想，這女生說到「縛物」，意思應該是束縛的生物。她謹慎地再次點頭。多少是這樣沒錯，即使那個生物的特質有點非比尋常。**可以操控迷宮的力量一定是龍的，既然她知道龍是迷陣怪，很多事情都說得通了。**跟她平日使用其他的力量，這次感覺起來就是不同，不過那可能是因為龍——本身就是有智慧的生物——主動出手協助她的關係。

她想不通原因何在，更精確的講法是，她想不通龍為何挑現在才幫忙。**如果他早點幫忙我，也許我就可以把大家從那座橋上帶開，蓋瑞特就可能還活著。**

她短暫地抓住龍的線。**我想，你現在不會回答吧？**沒回應，雖然她原本就不預期對方會回答。

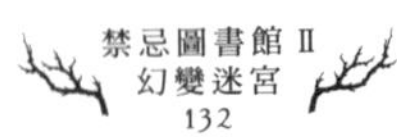

「我必須集中精神，」愛麗絲說，「而且可能要花點時間。我去找的時候，我要請妳在這裡守著我現實中的身體。」

「可是……」索拉娜睜大雙眼看著愛麗絲，然後低頭瞅著自己的膝蓋。

「怎樣？」

「妳為什麼那麼信任我？」女生細聲說，「在妳很無助的時候，我三兩下就可以殺掉妳。」

用這麼誠懇的態度提出這種問題，真荒謬，愛麗絲拚命壓抑，免得大笑出聲，最後只是搖了搖頭。

愛麗絲說：「既然我救過妳，暫時就靠妳對我的感激吧。」

第十四章 簇仔勇往直前

「嗯，」愛麗絲說，「豁出去了。」

她合上眼睛，拉扯簇群線，七隻簇仔啵地在她旁邊現身。愛麗絲花了點時間溜到每雙眼睛後面，環顧四周，感受一下從牠們離地六吋的角度觀看高塔，會是什麼狀況。接著派出第一隻順著階梯往下跳。

平時，愛麗絲最多只能把簇群派到足球場長邊那麼遠的距離，再遠的話，就會很難維持聯繫，這樣對找到其他學徒沒有幫助。可是愛麗絲一直在思索那片她折疊過的「織物」本質。在迷宮這裡，距離是種幻覺，在折磨跟龍這樣的生物手中，是可以延展、可以**改變**的東西。她猜想——其實該說是希望——這點可以發揮影響力。

唔，無所事事沒好處。想到父親最愛的句子，她的嘴角微微上揚。她繼續抓住簇群線，朝那片空間織布伸出觸角。她一掐一扭，將樓梯跟塔外的橋連接起來。

第一隻簇仔毫無困難地從**這裡**衝到**那裡**。距離原本會對她跟簇仔之間的連結造成負擔，可是簇仔彷彿就在隔壁房間。**成功了！**

下一步就是同時管理所有的簇仔。她又掐了一下織物，讓第二隻簇仔穿到別座橋上，然後放第三隻到另一座橋去，直到七隻簇仔全都離開這座高塔。

接著她開始派牠們順著各自的橋走。於此同時，她也轉移自己對迷宮的抓力，在每隻簇仔後方保持出入口的暢通，以便維持簇仔跟她現實身體的連結。這有點像是讓滑溜溜的布匹滑過她手指掐住的部位。愛麗絲深吸一口氣，讓簇仔奔跑起來，同時留意有無人類的蹤跡。

伊掃的高塔大多只是用來堆書的空間，可是其間穿插著專門用來放置囚禁書或入口書的塔樓，而那些塔真的非常奇怪。有座塔滿是水，水浪拍著塔的門口通道，濺起鹹鹹的海沫。另一座塔從頂端到底部都佈滿了棉花似的厚重蛛網，愛麗絲趕緊把簇仔調了方向，免得什麼節肢動物決定把簇仔當零嘴吃掉。第三座塔發出挪動不停的彩光，活潑歡快的華爾滋旋律飄向了鄰近的橋。

愛麗絲頻頻掐起空間織布，將簇仔帶往堡壘的更深處，路過高塔、樓梯跟數不盡的交錯橋樑。起初她對於能否找出其他學徒感到絕望——折磨可能把學徒們都打散了，這個由鐵跟石頭構成的地方，不規則且接近無限大，他們可能在任何地方。

可是愛麗絲開始意識到，自己透過織物可以感覺到其他東西。她可以感應到震動，彷彿有老鼠走過繃得死緊的布面。她引導一隻簇仔走向這些震動，最後終於在下方兩座橋之外瞥見一雙人影。只是短暫的一瞥，但已經足以讓她派所有的簇仔往那邊衝去。

就在這時，她意識到織布裡有另一個存在體，以她無望匹敵的優雅跟威力，在她四周滑行，是**折磨**。那匹黑狼彷彿就坐在她身邊，口吐熱氣呵得她耳朵發癢。

他用自己的心念抓力繞住她的，開始猛扯織布的縐褶，想要擺脫她的控制，彷彿硬要扳開她的手指似的。她突然跟一隻簇仔失去了連結，她跟那隻簇仔之間的距離所產生的負荷，好似一堆磚塊突然崩塌、迎頭壓來，立即將簇仔從現實扯離，愛麗絲的心臟竄過一陣刺痛，彷彿遭銀針刺穿。

她咬緊牙關，催促其他簇仔跑得更快。折磨追了上來，一個個拉掉她的縐褶，每次有簇仔消失，痛楚就隨之增強。愛麗絲的臉冒出汗珠，弄濕了頭髮，繼而淌下臉頰。

快到了，只剩三隻簇仔。折磨幾乎嬉鬧似地撲向其中一隻，不過另外兩隻沿著同一座橋，朝著反方向狂奔，想衝到那兩個人類身邊，愛麗絲現在可以清楚看到他們兩人就在橋的中央。

每口氣都很吃力，但愛麗絲認出是艾薩克跟黛克西，心往上躍起。他們正在跟模樣像是蝙蝠／飛蛾的一隻生物搏鬥，生物身上長了四面寬闊的皮翅，還有觸鬚跟捲曲的長喙。艾薩克送出長串的冰，凝聚在牠翅膀周圍，讓牠無助地踉蹌跌下橋。黛克西比較應付不來，她試著用雙劍戳刺生物，卻失敗了，生物伸縮自如的舌頭甩了出來，扣住她的喉嚨。牠還來不及勒緊，艾薩克就已經從後頭走來，一手發著光，愛麗絲沒看他用過這種力量。他碰到蛾怪的翅膀時，蛾翅就著火了，生物狂亂地振翅飛離，最後被燦爛的火球吞沒。

折磨把倒數第二隻簇仔扯離愛麗絲的掌握。她發出猛挨一拳的悶哼聲，淚水從閉上的眼皮鑽了出來。最後一隻簇仔好不容易趕上了艾薩克跟黛克西，迎面卻有一把銀刃猛刺過來。愛麗絲絕望地閃躲，想辦法溜向旁邊，黛克西的武器擊中石地，鏗鏘作響。艾薩克隨著那個動作瞥見了簇仔，出聲喊道：「住手！」

「艾薩克兄弟？」黛克西把頭一偏。「怎麼了？」

「那是愛麗絲的！」艾薩克彎身抓起簇仔。小生物的自然本能就是閃躲，但愛麗絲硬是強迫簇仔靜靜坐下，任由艾薩克把牠提起來放在攤開的掌心上，正對著他的臉。透過簇仔的眼睛觀看，感覺就像被巨人撿起來一樣不自在。「愛麗絲嗎？妳聽得到嗎？」

愛麗絲張開現實的嘴想說話，頓一下之後罵了個髒字。簇仔沒辦法講話——牠銳利的長嘴喙無法處理人類語言的聲音，她趕緊讓牠使勁上下擺動嘴喙，勉強模仿點頭的動作。

「妳可以？」

她讓簇仔再次點頭，接著煩躁地跳上跳下。她可以感覺折磨逐漸逼近，她對這個薄弱的連結加倍抓力。

「可是這個東西不會說話。」

簇仔快速地來回搖頭，彷彿渾身濕淋淋的小狗。愛麗絲急著想問艾薩克看到愛倫沒有，想問他能不能先找個安全的地方待著，等她過來找他們，可是她卻只能玩這種猜謎遊戲。

「妳還好嗎？」

她要簇仔點點頭，然後跳到艾薩克手掌的邊邊，用嘴喙指著地面，再仰頭看看艾薩克，這樣連續幾次，好讓他明白這個訊息。他一臉困惑。

「下面？妳在下面？」搖頭。

「艾薩克兄弟，」黛克西邊說邊回頭張望，「有更多生物要來了，我們必須走了。」

「石頭？橋？」搖頭搖頭搖頭。「愛麗絲，我不懂！哎唷！」

簇仔咬了他的手臂，冒出亮紅色血滴。牠用嘴喙沾血，抹得紅通通——愛麗絲必須壓抑牠想舔血的本能——然後從他的手上跳到地面。牠在愛麗絲的小心指示下，在地上畫了個訊息。

折磨更賣力了，愛麗絲感覺自己就像用錯手寫紙條一樣，但同時有個力量強得多的人，硬要把筆從她的手中撬走。她趕在鮮血乾涸以前，勉強寫了一個、兩個、三個字母。簇仔只能無力地在地面上刮擦。艾薩克瞪大眼睛。

「S——T——A。Stand（站）？Stab（戳）？」他用一手壓住剛被簇仔啄破的地方。「Star（星星）？」他眨著眼，簇仔死命搖頭。

「艾薩克兄弟！」黛克西邊說邊扯他的衣袖。

「Stay（待著）？」艾薩克說，「妳要我待在這裡！」

愛麗絲要簇仔拚命點頭，用力到差點摔倒。艾薩克指著前方那座高塔。

「我們會在裡頭，我們必須躲開這些東西。」

簇仔再次點頭，愛麗絲感覺自己快抓不住織布了。

「可是我會等妳的，」艾薩克搖搖頭，「愛麗絲，對不起，早知道就——」

折磨把愛麗絲的心念抓力扳開了，連結消失不見。簇仔被壓扁消失，愛麗絲全力尖叫，彷彿有根像燙熱撥火棒的東西，狠狠戳進她的胸膛。

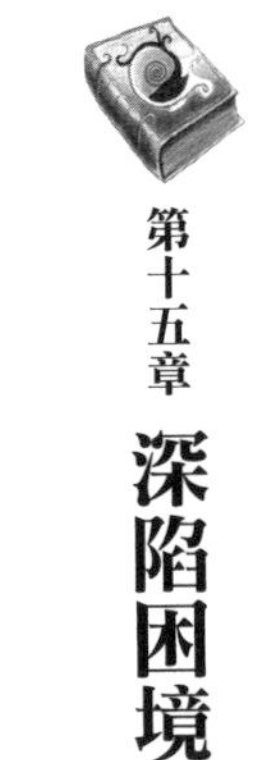

第十五章 深陷困境

「愛麗絲！妳還好嗎？」

「我沒事。」愛麗絲喃喃自語。皮膚汗濕，她突然覺得好冷。她因為剛剛咬緊牙關，說起話來很吃力。

「坐得起來嗎？」

愛麗絲虛弱地點點頭，在索拉娜的攙扶下，靠著書堆坐下，有一會兒感覺天旋地轉。索拉娜拿出繫在臀上的小水瓶給愛麗絲喝，愛麗絲感激地接受了。她感覺得到身上的肌肉逐漸放鬆。

「謝謝。」

「別客氣，」索拉娜一臉害羞說，「我……欠妳人情，剛剛出了什麼事？」

「我找到艾薩克了，」愛麗絲說著便把水瓶遞回去，「還有黛克西。我想我也可以找到愛倫，可是折磨逮到我了。」

「折磨？」索拉娜一臉不解，愛麗絲這才想起她不曾解釋過這座迷宮的事。

「晚點再告訴妳，」愛麗絲說，「現在黛克西跟艾薩克就躲在一座塔裡，我們必

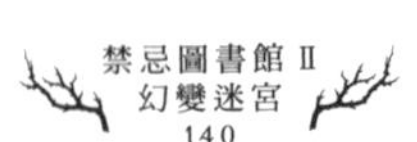

須過去，等我們團聚了，也許就可以活著找到愛倫。」她不想再用簇仔嘗試剛剛那招了。那些小生物死去或是強遭驅離的時候，她感覺到的不只是幻痛，她本質的一部分、她的一些能量，也會跟著被扯掉。「給我一分鐘，我看看能不能找到路。」

「妳很勇敢，」女孩片刻之後說，「妳那麼痛苦，卻還是繼續努力。」

「其實是倔強多過於勇氣。」愛麗絲坦白說，她咧嘴陰鬱一笑，「我不喜歡輸。」

等體力恢復到足以走路時，愛麗絲就站起來，再次對著那塊奇怪滑溜的迷宮織布伸出觸角。

折磨現在肯定在監視她。可是——儘管他這麼吹噓過——他總不可能同時無所不在。等她打開一條路徑，她們就有一點時間，可以趕在迷陣怪插手干預之前溜過去。

「牽我的手，」愛麗絲說，「隨時準備好，我說跑，就快跑。」

愛麗絲向索拉娜伸出手，集中精神。片刻之後，女孩還是沒動，愛麗絲回頭看她。

「怎麼了？」

「沒……沒事。」索拉娜說，試探性地朝愛麗絲伸手，彷彿小小鳥測試棲坐的地方。

愛麗絲猛地扣緊她的手腕，聽到對方驚聲尖叫，她咧嘴一笑。

「好了，」愛麗絲說，「跟我來。」

她朝迷宮織布伸出觸角，不理會之前殘存的刺痛感。**龍讓我使用這個力量，因為**

只有這個方法可以躲過折磨，也就表示只有我可以幫忙其他人。她找到之前留下艾薩克的地方，感覺鄰近高塔裡有種小小震動，標示出他的存在。只消一抓一扭，就可以把這裡帶到那裡。

折磨往前撲襲，他的心念抓力使勁撬著愛麗絲的抓握，但她早已奔上最後幾階。她跟索拉娜並非出現在塔頂，而是往上走到了遙遠的一座橋上。愛麗絲趕緊放開連結，她幾乎可以聽見折磨氣惱的咆哮。

她們前方有個門口可以進入高塔，某種簾子擋住了入口，簾子由類似雜草的扭曲綠芽以井字交織而成。光線從簾子縫隙流瀉出來，在幽暗堡壘的映襯之下亮得驚人，愛麗絲猜想這裡又有書本滲漏到外在環境，希望不像上一個那麼恐怖。

「艾薩克說他們會躲在這裡面，妳準備好了嗎？」

索拉娜點點頭。愛麗絲往前跨一步，舉起一手將雜草撥開。她感覺靴子踩到了肥沃柔軟的土壤跟植物，聞到了讓人鼻癢的草味。她受到鼓舞，又跨出一步穿過簾子，卻立刻摔了一跤。

其實這不是她的錯。她穿過簾子的時候，非常奇怪的事發生了，原本的下面轉了九十度。愛麗絲一時詫異沒站穩，才會面朝下摔進泥土裡。還好這不是石地，而是有柔軟的草地可以做為緩衝，她恢復到足以站起來時，換索拉娜穿簾進來，驚訝尖叫，跌到了她身上。

兩個女生摔成一團，好不容易分開來，各自站起身之後，愛麗絲才有機會打量高塔內部的模樣。她在傑瑞恩的圖書館深處見識過種種怪事，但她不得不承認，就違反幾何學原理的程度而言，傑瑞恩圖書館裡的怪事大多比不過眼前這個。對於內部空間比建物本身大多了的現象，到現在她已經習以為常，所以在高塔裡發現陽光普照的草坪，也沒什麼好訝異。但教人吃驚的是，那些草長在**牆壁上**，而愛麗絲就站在**牆壁上**。她穿過門口之前的那一瞬間，原本位於**下面**的，現在卻彷彿朝著**側面**移去。

草坪從她身邊延伸開來，草兒修剪得整齊畫一，長度一致，繞著幾叢小灌木種植。感覺有人把一座維護良好的公園拿來，像雪茄一樣，捲成了管狀。**下面**的方向顯然隨著地板改變，因為灌木往上延伸到彎弧壁面的一半地方，就跟愛麗絲腳下的草兒站得一樣筆直。她忍不住用視線追著地面走，一直到開始轉回來的地方，也同時抗拒著暈眩感。頭頂正上方有條小溪快活地淙淙流動，穿過岩石河道，原本應該直接朝著愛麗絲的腦袋淋下溪水的。

儘管情況危急，但愛麗絲環顧四周時還是不由得笑出聲來。她很想一路繞著跑，直到抵達小溪為止，然後站在天花板，上下顛倒看索拉娜。她**真的**很想看看，如果把東西丟得高到可以抵達管狀的中央，就是牆壁之間的半路時，會發生什麼事。**東西會朝哪個方向掉下？**

「我想我快吐了。」索拉娜嘀咕。她害怕地瞥瞥天花板，看看上下顛倒的溪流。「伊掃應該好好控制他的書，我的主人絕對不會讓這種蠢事發生。」

「我們一找到艾薩克跟黛克西就離開，」愛麗絲說，「來吧。」

原本的門口在哪裡，一清二楚，是草皮裡的長方形凹陷，表面被整片糾結的草根蓋住。可以再找到路出去，讓她很滿意，於是領著索拉娜越過草地，尋找路標。

沒花多久時間就找到了。在中遠距離的地方，有陣騷動——愛麗絲看到大型生物聚集成群，彷彿是一群綿羊。中央有個小建築，是整齊的棕色磚塊砌成的，屋頂是木頭瓦片，看起來像是較高等級的高爾夫球場看管人的小屋。她倆越走越近，愛麗絲首先聽到屋外那些生物的氣憤叭聲，接著，遠處傳來一段段模糊的旋律，是她認得的。

「是賽壬，」愛麗絲說，「艾薩克可以靠賽壬讓東西睡著，如果他在用賽壬，我想他有麻煩了。」

「那些東西看起來很不友善。」索拉娜說。

再仔細一瞧，愛麗絲不得不同意。牠們大小有如馬匹，深色羽毛覆滿火雞般的肥壯身軀，有一雙橘色帶鱗的腿，腳趾有大大的爪子，還有兩根伸縮自如的長脖子，脖子末端是子彈形狀的腦袋，上頭有圓圓小小的黑眼，以及又長又尖的嘴喙。脖子跟腦袋上的羽毛繽紛多彩，夾雜著綠、藍、紅、黃、粉紅，以及愛麗絲所能想像的各種色調。

如果是在圖畫裡看到牠們，愛麗絲可能會覺得美麗迷人，只是模樣有點傻氣，可是才看幾分鐘，就可以明白牠們性情殘暴。只要兩隻生物撞在一起，比較接近對方的那個腦袋就會用猙獰的嘴喙猛啄，弄得對方鮮血直湧、羽毛紛飛。牠們時時發出叭叭聲跟呱呱叫，用爪子扯著草皮。小屋四周的地面已經被攪成了泥巴。就愛麗絲判斷，牠們為了闖進小屋，頻頻用身體猛撞磚牆，用嘴喙刮磨黏合磚塊的泥漿。

「另一邊有更多隻，」愛麗絲說，「我們繞過去吧，那裡一定有門。」

索拉娜點點頭，她們循著大大的圈子繞過去，盡量躲開那群生物。大約五十碼的距離之外有小灌木叢，愛麗絲在那裡找到掩護。有幾隻鳥怪往她的方向看來——既然有兩個腦袋，幾乎不由自主就會這樣——可是似乎沒注意到她，而是全心全意在跟同伴打鬥。這一邊有更大一群鳥怪，正推推搡搡，爭著想接近嵌在磚塊裡的那扇木門。

愛麗絲可以看到，賽壬飄浮在小屋屋頂上方，在源頭不明的燦爛天光中，有如一抹白煙似的若隱若現。女人有著幽靈般的身影，張嘴持續歌唱，旋律的一點餘波，稍微影響到愛麗絲，不過法力主要往下對準了那些鳥怪。她看到最接近那扇門的生物搖搖晃晃、癱軟下來，地上目前已經倒了好幾隻。可是賽壬似乎一次只能迷倒半打的量，而且每次只要有一隻倒下，地上就會有一隻搖了搖醒過來，連忙站起身。

「艾薩克努力想攔住牠們，」愛麗絲說，「可是我想效果不是很好。」

鳥怪因為內鬥不停，反倒妨礙自己的攻勢，可是牠們還是把門破壞了不少，只要鳥怪有機會用爪子扒抓木頭，門上就會有木絲岔飛出來。

「要是牠們注意到我們，我們絕對逃不了，」索拉娜說，「我想我們跑不過牠們，除了木屋裡面，根本沒地方可以躲。妳打得了一整群嗎？」

愛麗絲搖搖頭，那種大鳥怪肯定有六七十隻。「艾薩克的法力也不夠，沒辦法讓牠們都睡著。」

「妳可以開條路徑進小屋去嗎？」

「我想沒辦法。」愛麗絲試著要拉織布，可是不知怎地這裡太封閉，沒辦法照自己的意思重新安排空間。也許是因為這裡有太多人——有太多生物——在看；她想起家裡的那座圖書館，書櫃總是在她背後挪動位置。對於龍的力量，她還有很多都不懂。

「沒用，妳有什麼法力可以用？」

「沒有可以用來對付那些生物的，」索拉娜低頭望著雙手，「我說過，我的專長……不是戰鬥。」

可是愛麗絲若有所思瞅著她。「之前在另一座塔上，那個恐怖生物追殺妳的時候，妳做了件事，我看到妳穿過實心的鐵柵欄。」

索拉娜點點頭。「那種生物叫『蓋思特』，召喚起來很困難，可是我可以靠牠的力量在短時間內穿過物體。」

「多久？」

「通常是幾秒鐘，最長一分鐘，我必須憋氣，因為我化為無形的時候，肺部吸不到空氣。」

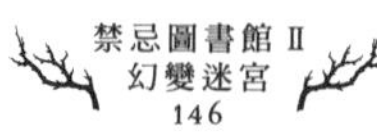

「一分鐘……」愛麗絲盯著叭叭爭吵不休的那群鳥怪。「可能就夠了。」
「夠怎樣？」
「我有個點子……」

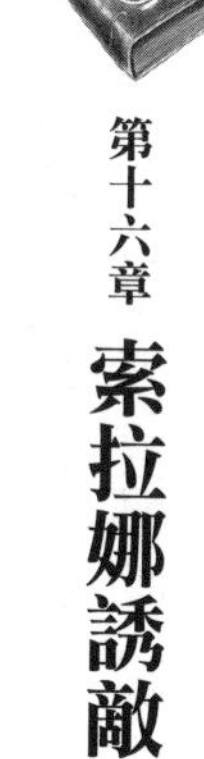

第十六章 索拉娜誘敵

索拉娜搖著腦袋，差點哭出來。「我沒辦法啦。」

「拜託嘛，」愛麗絲急切地說，「沒那麼遠的！」

「要是我絆倒……還是怎樣，我會被扯個稀巴爛！」

「妳不會！妳是無形的，怎麼會絆倒？」愛麗絲其實很好奇，無形的人要怎麼跑，因為奔跑不就是要靠人的腳跟地面接觸嗎？可是她覺得現在不是提這種問題的時機。「我知道這個點子不是最好的，可是我目前也只能想到這樣。要是出了差錯，我就在這裡，我會幫忙的。」

「可是我們不用這樣，」索拉娜說，「我們可以逃走就好，妳可以開條路徑到出口書去，我們就可以離開迷宮。」

「還有人等著救援，我是不會離開的，」愛麗絲說，原本沒打算用這麼嚴厲的語氣，「要是妳在裡面，我也不會丟下妳。」

「可是我不……像妳，」索拉娜說，「如果我站在妳的立場，就會把妳拋在後頭。我並不……勇敢，要不然——」

「妳可以勇敢起來的。」愛麗絲堅持。她回頭看看小屋，那扇門似乎快被撞開了。「聽著，我們沒多少時間了，如果妳不打算幫我，我也不能逼妳，可是妳最好趕快逃，因為我必須嘗試很蠢的方法。」

索拉娜回頭望向她們當初進來的門口，愛麗絲一時以為她真的準備朝著出口拔腿衝刺，但接著她卻咬著嘴唇回頭望向小屋。

「好吧，」她用細小的聲音說，「我試試看。」

「妳不會有事的，」愛麗絲說，心裡不像語調那麼有信心，「妳記得要跟他們說什麼嗎？」

索拉娜點點頭。「隨時準備好，一看到妳轉移牠們的注意力時，就要往這個方向跑。」

「對，等妳穿過去之後的一兩分鐘後我就會開始。」

「好。」索拉娜深吸一口氣，站起來，不安地對愛麗絲微笑，「就像妳說的，『豁出去了』。」

愛麗絲報以笑容，索拉娜開始慢跑越過草皮。愛麗絲看到灌木不足以提供掩護，發現自己一陣反胃，**萬一她沒成功呢？**索拉娜到時會被那群殘暴的怪獸圍攻，到時就是愛麗絲的錯。這個想法好嚇人，愛麗絲差點開口叫女孩回來，可是已經慢了一步——為了叫住索拉娜而大聲呼喊，反倒會挑起那些生物的注意。

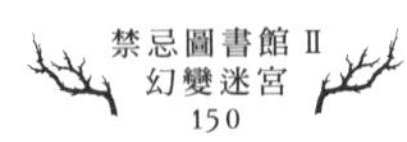

她不會有事的，愛麗絲想著便伏低身子，指甲挖進地裡，緊緊抓住，免得雙手發抖。她不會有事的，非得平安不可。

第一隻鳥怪注意到索拉娜的時候，她距離牠們只有十幾碼。牠的腦袋猛地一轉，朝她的方向瞥來，姿態好像是忙著找眼鏡的近視怪老頭。牠發出焦慮的呱呱叫，雖然鳥怪們繼續在門口競相推擠，但有幾隻同類朝索拉娜的方向走來，兩個腦袋像鴿子一樣帶著節奏輪流起伏。

女孩越接近牠們，腳步就放得越慢，愛麗絲心怦怦猛跳。如果女孩現在轉身逃跑，下場會很悽慘。那群鳥怪會一擁而上、亂踩亂撞。**快啊，妳辦得到的！**女孩距離小屋不到一百英尺了。**快啊！**

索拉娜深吸一口氣憋住，臉頰鼓脹。接著，就在第一隻鳥怪靠上來的時候，她開始拔腿奔跑。那個生物用嘴喙試探地一戳，發現自己的腦袋直接穿過她的時候，訝異地尖鳴一聲，她的形體像濃霧一般在牠四周蕩漾而過。索拉娜往前衝刺，直接穿過鳥怪，鳥怪困惑地往後踉蹌。最近的幾隻生物全都激動得發了狂，一陣風暴似地朝索拉娜撲來，利爪猛撕、嘴喙劈砍。但牠們碰不到她，最後只能撞成一團，有一半的鳥怪陷入了大混仗。牠們推推擠擠、啄來啄去，一面叭叭亂叫，有時激烈到同一隻鳥怪的兩個腦袋互相攻擊，牠們把索拉娜忘個精光。

在這片混亂中，愛麗絲追丟了索拉娜的去向，她以為女孩最後還是絆倒了，急得心臟一時暫止。只要倒在那片地上的人一定會被上百隻帶爪的腳踩得面目全非，不管那些鳥怪是刻意的或不是。可是，片刻之後，她看見索拉娜在木屋入口，飄過了睡倒在門前的那幾隻鳥怪，然後穿透了門，失去了蹤影。愛麗絲抖著吐出長長一口氣，鬆開拳頭並站起身來。

她辦到了，我就知道她可以。愛麗絲的掌心被自己的指甲掐出了紅痕。**現在只希望艾薩克肯聽從指示了。**她認為他會聽。艾薩克不耍笨的時候，其實還滿講理的。

愛麗絲數到三十，把手探進口袋，拿出最後一顆特殊橡實。她朝通向樹精的棕線伸出觸角，牢牢一扯。

那個生物啵地現身，是個精靈般的矮小東西，皮膚光滑，是嫩葉苞的顏色。愛麗絲把橡實遞給牠，牠彷彿接下聖餐一般地慎重接下。她指向那群鳥怪，讓指令在腦海裡迴盪。樹精點點頭，快步越過草皮。

她數到六十的時候，那個小生物已經在鳥怪群的邊緣停下，牠把橡實壓在地上，愛麗絲透過樹精線，可以感受到橡實裡的生命能量打著哆嗦往外迸開。根鬚猛力竄過土壤，在急促中將雜草推到一旁，細瘦的樹幹往上冒長。從底部迅速變粗，就像原本扁塌的消防水帶一樣，在水壓打開的時候，鼓脹起來一樣，同時向上與向外噴發，幾秒鐘內就成熟為中等大小的櫟木，長長的枝椏上葉片繁茂。樹精抓住其中一條枝椏，讓枝椏將牠拉進樹冠裡。樹皮滑過了牠柔嫩的綠色皮膚，像水一樣流過，最後形成皮革似的粗糙盔甲，上頭有樹脂一般堅硬的爪子。

在這個大混仗的邊緣，有幾隻鳥怪注意到這個新的闖入者，於是走過去調查一番，一面發出好奇的叭叭叫。愛麗絲任由牠們靠近樹木。接著，樹精抽動埋在樹幹裡的爪子，讓一根粗大的櫟枝揮掃而過，將兩隻鳥怪掠倒，牠們滾到草皮上，因為驚訝跟痛苦而發出哨聲尖鳴。

整群鳥怪不約而同轉過身來，朝著這個新威脅奔去。鳥怪用嘴喙跟爪子猛攻這棵樹木，片片木頭跟樹皮開始四散紛飛，完全不理會對牠們猛甩猛擊的枝椏。

愛麗絲讓樹精獨力應付這場戰鬥，自己的注意力轉向小屋。如她所願，門邊只剩幾隻鳥怪。**快啊，艾薩克，快啊，快啊，快啊**。就鳥怪撕扯她櫟木的速度來看，聲東擊西這招撐不了多久。

賽壬彷彿呼應了愛麗絲心裡的催促，從小屋屋頂上方往下衝，直接降落在門前。等在那裡的兩隻鳥怪首當其衝，一把被歌聲掠倒在地，像有長斧掃過似的。門打開了，黛克西的胳膊架在艾薩克的肩膀上，她一條腿嚴重受傷，只能靠他攙扶才走得動。索拉娜跟在他們後面快步走出來，緊張地望著群起圍攻樹木的鳥怪。

他們的行動不夠快，已經有幾隻鳥怪注意到他們脫離了隊伍。艾薩克派賽壬去攔截牠們，牠們倒下了，但入口四周那幾隻昏睡的鳥怪已經騷動起來。他沒辦法同時制住所有的鳥怪。儘管樹精造成一定的破壞，但鳥群遲早會毀掉那棵櫟樹，他們必須快逃。

愛麗絲猛扯簇群線，十幾隻迷你生物現身了，然後又出現更多。這番努力讓她上氣不接下氣。她派簇仔一起衝向艾薩克，像一張活生生的地毯流過了整齊有序的草坪。賽壬又攔截了一隻好奇的鳥怪，艾薩克因為吃力而臉色發白。櫟木的一根巨枝被截斷，重重摔落在地，那些火冒三丈的生物立刻把它咬成了碎片。

簇仔們趕到了艾薩克跟其他人身邊。愛麗絲原本躲在灌木叢裡，現在跳了出來，手弓在嘴旁朝他們大喊。

「放下她！放下黛克西！」

艾薩克眨著眼抬起頭，但謝天謝地，黛克西馬上意會過來。她對艾薩克說了點話，他放開她的手。黛克西展開雙臂，讓自己優雅地往前一跌。愛麗絲用簇群及時接住了她，好似一張活生生的床墊。一百隻迷你小腿齊步走，扛著黛克西越過草坪，速度快到艾薩克跟索拉娜得加緊腳步

才追得上。

鳥怪將樹幹劈成碎片時，樹精往樹幹頂端撤退，愛麗絲要樹精退下，好集中精神在簇群上。幾分鐘內，黛克西已經到了她身邊，呵呵笑著，彷彿在遊樂園裡乘坐什麼娛樂設施。艾薩克跟索拉娜緊跟在後面，兩個人都氣喘吁吁。愛麗絲忍不住一把摟住索拉娜，雖然這個舉動惹得女孩驚叫一聲。

「妳辦到了！我就知道妳可以。」

「我本來不……」索拉娜抖著身子，雙手舉在半空，好像不知道該往哪裡擺。「我以為……牠們會抓到我們。」

愛麗絲放開她。「來吧，我們必須到出口去，黛克西，妳還好嗎？」

「我的腿受傷了，愛麗絲姐妹，可是目前已經止血了，艾薩克弟兄處理得很有技巧，」黛克西說，「妳提供這麼棒的運送方式，真是謝謝！」

「好，我們走吧。」

黛克西開心地笑了。「前進吧，強大的駿馬！」

簇群頂著黛克西，帶頭往前衝刺，其他三人跟在後面跑。一夥人橫越彎弧的塔牆表面，對準草皮上的方形洞口奔去，就是愛麗絲當初進來的地方。牠們背後傳來那棵樹在鳥怪群之間崩塌的聲響，幾隻鳥怪開始抬頭，注意到獵物的去向。

「牠們追過來了。」索拉娜喘氣。

「我知道。」愛麗絲咬緊牙關勉強說。

艾薩克陰鬱地垂著腦袋，悶不吭聲。賽壬俯衝過半空，一隻鳥怪癱倒了，不過現在有更多隻追上來。愛麗絲跟其他人雖然領先不少距離，可是鳥怪彈跳似的大步伐以驚人速度追趕上來。

「牠們快追上來了！」索拉娜邊說邊回頭看。她一踉蹌，愛麗絲抓住她的手臂，拖著她往前，免得她摔跤。

「跑就是了！」

「再快點！」黛克西歡呼，展開雙臂彷彿在飛行，「耶！」

門口迅速接近，但鳥怪更快逼了過來，**我們逃不了了！**

賽壬眨眼間消失了，艾薩克轉身舉起雙手，破爛的外套旋飛起來。幾道冰霜從艾薩克腳邊的草皮裡迸射出來，順著草坪往外蔓延。

鳥怪們全力衝刺，帶頭那隻踩上了突然結冰的地面，卻發現雙腳不受控制滑了出去。牠行進的速度快到來不及打住，整隻鳥摔成一團，兩個腦袋嘎嘎狂叫。後面那隻鳥怪想繞過倒地的這隻，但腳步沒站穩，滾到了同伴旁邊。更後面的那隻想跳過去，但落地的時候卻找不到抓力，結果頭下腳上滾了一圈。鳥怪們撞成一團，脖子糾纏、羽毛亂飛，嘴喙氣憤咬不停。馬上爆發另一場混仗，其他鳥怪也急著參一腳，完全拋開追捕獵物的事。

艾薩克腳步搖搖晃晃，眼神失焦。愛麗絲一把揪住他長外套的背部，拉著他跑起來。他們跑完最後幾碼到了門口，從這側看去，門口只像個洞。愛麗絲伸出另一手握住索拉娜的手。黛克西懂了她的意思，也抓住索拉娜的另一手。**我們最不想要的，就是讓折磨把我們其中一人單獨送走。**她不確定如果他們緊緊待在一起，迷陣怪是不是還能把他們拆散，不過……

愛麗絲朝織布伸出觸角，在門口另一側跟遠處高塔的屋頂之間，掐出一條路徑。就那麼一瞬間，她感應到有別人在迷宮中移動的嗡嗡緊繃感，於是儘可能朝那裡接近。接著她往前跨步，拉著其他人同行。

第十七章 重聚

他們跌跌撞撞地一起踏上了高塔屋頂，四個學徒加上一群彈來彈去的簇仔。愛麗絲放開她的線，小生物隨著鞭炮似的一串啵聲消失不見。一等確定大家都安全了，她就放開對織布的抓力，免得折磨插手干預。

接著她往後躺下，一時專心在調整呼吸上。頭頂上，星辰發出冷冷的輝光往下俯望，附近的火炬搖曳不停、噼啪作響。有人在笑，愛麗絲花了點時間才有精力抬起頭去看是誰。原來是黛克西，愛麗絲翻過身去，爬到那女孩躺臥的地方。

「妳還好嗎？」

「只是很訝異，愛麗絲姐妹，」黛克西說，用手背揩揩眼睛，「小腿上有點撕裂，可是只是皮肉傷。我跟艾薩克兄弟說過，我的占卜顯示我們會成功逃離，可是即使是這樣，妳會跑來還是讓人很吃驚。」

愛麗絲低頭看看黛克西的腿，找到了傷口，目前用一塊布緊緊裹住。布裡滲出了一點血，可是並不多，所以愛麗絲猜想暫時應該沒問題。等我回去，要找急救的書來讀。她挪到索拉娜身邊，後者正要坐起身，一面虛弱地咳著。

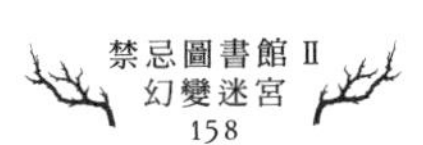

「我們是怎麼跑來這裡的？」艾薩克說，「這不是我們剛剛進去的路啊。」

「這是迷宮，」愛麗絲說，「很難解釋，可是我有能力稍微控制這個地方。我想我們應該儘可能離剛剛那裡遠一點。」她低頭看看這座高塔的石頂。「加上，我想愛倫就在附近。」

「妳怎麼知道？」艾薩克說。

愛麗絲聳聳肩。「我可以……感覺到她，多少算是。」

他猛地朝她一瞥，但黛克西打岔。「愛倫姐妹也活著？好消息越來越多！當初橋塌掉的時候，我就往最壞的地方想。」

「我認為她還活著，」愛麗絲先警告，「我其實不大知道自己在幹嘛。」

「我們很少人能說知道自己在幹嘛，愛麗絲姐妹。」

愛麗絲搖搖頭。「索拉娜？妳還好嗎？」

「我想還好，」索拉娜說，害羞地看著艾薩克跟黛克西，「只是很累。」

「妳竟然能趕到我們身邊，我好訝異，索拉娜姐妹，」黛克西說，「真勇敢。」

「我……」索拉娜嚥嚥口水，「謝謝。」

「愛麗絲？」艾薩克說，「可以私下跟妳講個話嗎？」

「我還以為你不肯跟我講話呢。」愛麗絲說。

「那是因……」他瞥瞥索拉娜跟黛克西，然後面露懇求看著她。

愛麗絲疲憊地爬著站起來，走離另外兩人身邊，艾薩克跟了上去。

「你打算好好解釋自己的行為嗎？」愛麗絲壓低嗓門悄悄說。

「對不起啦，」艾薩克咕噥，「事情……很複雜。欸，時機就是不對，可以嗎？」

「好，可是你欠我一個答案。」愛麗絲扠起手臂，「那你想幹嘛？」

「妳可以做到這些事，是因為龍的關係吧？」

愛麗絲點點頭。「你對這些迷陣怪知道些什麼？」

「只有一點點，我主人一向叮嚀我要小心他們。」

「一直想殺掉我們的，就是伊掃的迷陣怪——折磨。」

艾薩克皺眉。「妳怎麼知道？」

「他來找我講過話，我猜他是來嘲笑我的，我也不確定為什麼。」她眉頭一蹙。「你也有龍線，龍一直沒跟你說過什麼嗎？」

「什麼都沒有。」

「唔，他就跟我講過話，現在還把這個力量給我，我不知道他為什麼要幫我，也許他希望我們活下去。」

「如果是，我也支持他，」艾薩克猶豫一下，「折磨有沒有提到關於雅各的事？」

「其實雅各也來找過我，也許應該說，折磨也把他帶過來了，我不確定。」

「妳看到他了？」艾薩克急著說，「他還——我是說，他看來怎樣？」

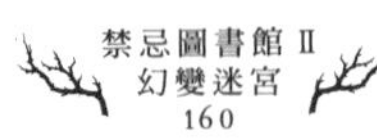

「他好像……很混亂，」愛麗絲說，「我不確定他腦袋是不是還正常。」

「這樣也說得通，明明知道會有什麼後果，還攻擊自己的主人，一定是腦袋壞掉才會這樣。」

「嗯，」愛麗絲頓住，「剛剛用小冰那招還不錯，我們可能都算是你救的。」

「噢，嗯，」艾薩克搔搔鼻子側面，「樹精那招也不錯啊，還有用簇仔扛黛克西，我是說……」他頓住。「妳來找我們的事，我還沒跟妳道謝吧？」

「是沒有，」愛麗絲說，「不過大家都有點忙不過來。」

「抱歉，謝謝妳。」她覺得好像瞥見了他臉頰上的一抹紅，覺得自己內心也湧現一股熱流。

愛麗絲清清喉嚨。「真高興妳找到我們，愛麗絲。」「你也一定要謝謝索拉娜。要是沒有她，我不知道要怎麼把你們弄出來。」

「當然會。」艾薩克說，然後一陣久久的沉默，最後他不安地挪挪身子。

「所以，」他說，「現在怎麼辦？」

「我想愛倫在我們下面的某個地方。」愛麗絲說，一面去感覺透過迷宮織布傳來的隱約嗡嗡響。調子很分明，指明了是人類或闖入者，三兩下就能跟原本屬於此地的生物區分開來。「我要下去看看能不能找到她。」

「自己去？」

「黛克西不能走，你應該陪著她。還有索拉娜……她剛剛表現得很好，可是她很害怕。我有龍的力量，所以即使發生了很糟糕的狀況，應該也能逃得開，事後再找你們。」

艾薩克的表情表明了他不喜歡這個點子，可是他挑不出她邏輯裡有什麼漏洞。

愛麗絲用簇群線裹住自己，讓肌膚堅硬起來，免得有東西突襲她，然後悄悄走下高塔階梯。她最深的恐懼——也就是她堅持要自己行動的真正原因——就是折磨會想辦法再把大家拆散。不管迷陣怪有什麼盤算，只要她有龍的天賦，就可以再跟其他三人會合。

迷宮織布一時好像擺脫了折磨的撫觸，愛麗絲繞著寬廣的旋梯，往下走了三層樓。這座塔裡面照例只有任其腐爛的書堆。愛麗絲想到，過去幾個小時跑過的路程，比她這輩子加總起來還多，她盡量不去理會雙腿的刺耳抗議。**我們到底來這邊多久了？**頭頂上沒有太陽，讓她完全失去了時間感。

傳來砰的一聲，將她的心思拉回當下，她放慢腳步接近下一層樓。接著是模糊的悶哼聲，然後又傳來一聲砰，彷彿有人在搬動笨重的東西。有白光在樓梯平台的石頭上晃動，跟著那些噪音一起動來動去，**一定是愛倫的光輪**。她在門口暫停腳步，就在視線範圍之外，**最好不要突然出現在愛倫面前**。

「愛倫？」她說，「是妳吧？」

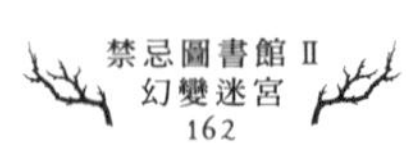

一陣撞響加上砰聲，再來是短暫的靜默。愛倫的聲音跟愛麗絲記得的一樣尖銳刺耳。「誰在那邊？」

「是我，愛麗絲，我來找妳了。」

「妳——」愛倫頓住，「走到我可以看見妳的地方。」

愛麗絲往前踏上樓梯平台，雙手舉在半空。愛倫站在另一個門口旁邊，那裡被一堆書擋住。她的衣服破破爛爛，到處佈滿小破洞跟一團團血跡。頭皮上一處割傷的周圍有更多乾涸的血，滿頭金髮亂糟糟地往上突刺。頭頂上懸著蓋瑞特稱為「光輪」的白光，雙手亮著同樣的燦光。愛麗絲想到她曾經對怪獸射出致命的光柱，於是用力嚥嚥口水。

「原來是妳……」愛倫詫異地說，「我還以為……有東西想要我還是什麼……」

「放心，」愛麗絲說，「我現在可以把手放下來了嗎？」

愛倫放鬆下來，白光漸漸褪去。然後，讓愛麗絲驚愕不已的是，年紀較大的女孩竟然雙膝落地、啜泣起來。

過了點時間之後，愛倫用袖子抹抹無神的眼睛。「抱歉，抱歉，只是……」

「沒關係的。」愛麗絲說。

愛麗絲覺得好怪，自己竟然在安慰年紀大她好幾歲的人，何況還是愛倫。打從一開始，愛倫就對她冷淡又輕蔑。可是愛麗絲想到，這段時間以來，愛倫不只迷了路，還孤伶伶一個人，至少我有龍。

愛麗絲領著那個青少女走到那堆書旁邊，讓她靠著書堆坐，最後在她身邊坐下。愛倫久久無法言語，愛麗絲等著，不確定該怎麼做。

「妳有沒有看到……」愛倫遲疑了。

「橋上發生的事嗎？」愛麗絲尷尬地清清喉嚨，「有，而且休息期間，我也看到妳跟蓋瑞特一起的樣子。我不是故意要看的，我那時候在找艾薩克。」

「噢，」愛倫的臉頰泛起淡淡紅暈，「那件事不應該讓人知道的。」

「我什麼人也不會說。」愛麗絲主動說，發現愛倫雙眼再次湧現淚水時，很懊悔自己提起這件事。年紀較長的女孩吸吸鼻子，拚命壓抑想啜泣的衝動。

「反正這段關係也不會成功，我很清楚，遲早會出事的。讀者沒有朋友，更不要說……要建立別種關係了，可是……」她嚥嚥口水。「我想妳不會懂的。」

愛麗絲想到艾薩克不肯跟她說話時，自己有什麼感覺。「我是不懂，」她跟愛倫說，把思緒留給自己，「其他方面都還好嗎？我是說，妳有沒有受傷？」

「不嚴重，」愛倫摸摸腦門上的割傷，「橋四分五裂的時候，我被岩石砸中，後來還跟幾個生物打鬥，才勉強逃到這邊來。」

「妳應該跟我一起到屋頂上，其他人都在那邊等。」

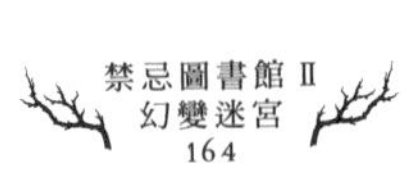

「其他人？」愛倫眨眨眼。「妳找到其他人了？」

「其實全部都找到了。」

「怎麼辦到的？我試著找過，可是在這個地方似乎什麼也找不到。妳說得對，這個迷宮一定是活躍的，我不知道怎麼會這樣，可是……」她瞥見愛麗絲的表情。「怎麼了？」

「沒事，我可以解釋，可是我們先上樓去吧。」愛麗絲吁出長長一口氣。「這樣到時我只要說一遍就可以了。」

第十八章 艱難的抉擇

愛麗絲、艾薩克、索拉娜、黛克西跟愛倫，圍著圈圈坐在塔頂的石板上。愛麗絲盡力解釋她跟折磨與雅各的那次相遇、龍賦予她的那種力量的本質，以及就她所知，那種力量有何限制，其他四人默默聆聽。

「我沒辦法讓路徑開放很久，」她下了結論，「而且站在某種邊界上，效果似乎最好，比方說門口，我對這種力量還不是很清楚。」

「沒人清楚的，」黛克西說，「我主人最得寵者的手下就有個迷陣怪，可是她告訴我，連主人們都無法完全明白迷陣魔的力量到底怎麼運作。」

「我主人說過類似的話，」愛倫說，「這還是我頭一次聽到有人束縛了迷陣怪，我還以為迷魂怪的力量大到沒人能束縛。」

愛麗絲聳聳肩。「他的力量大到我沒辦法用正常的方式使用，這點很確定。我想我只能在他願意的時候，才能用上這個力量。」

「束縛的運作模式不是那樣的，」愛倫皺著眉說，「受縛生物沒有受到召喚的時候，不應該保有自己的意志。」

「我們可以晚點再來弄清楚龍的事情，」艾薩克說，「目前愛麗絲有這種力量，妳就該高興了。」

「我當然高興，」愛倫怒瞪著他說，「要不是沒有她，我們老早都死了。既然把大家都找齊了，應該可以離開這裡了。」

一時之間，這些話懸浮在半空。

「那就是我們的打算？」艾薩克說，「要離開？」

「當然是，」愛倫說，「怎樣，之前的經驗對你來說還不夠糟嗎？如果這個迷宮是活躍的，我們能活到現在已經是奇蹟了。我們的主人派我們來這裡的時候，顯然沒掌握到完整的消息，在目前這種情況下，我們最好想辦法回去，通報我們發現的狀況。」

愛倫環顧整圈人，希望獲得支持。索拉娜不肯迎向她的目光，黛克西的微笑表情就像一張面具，艾薩克拉長了臉。最後，她看著愛麗絲，愛麗絲深吸一口氣。

「人還沒全部到齊，」愛麗絲說，「還有雅各。」

「雅各，」愛倫面無表情地說，「就是我們被派來這裡殺的那個男生。」

愛麗絲從眼角餘光看到艾薩克畏縮一下。

黛克西說：「我們是來這裡抓他回去受審的。」

「噢，少來了，」愛倫說，「如果你已經殺了自己的主人，哪還會讓一票學徒把你拖走，他一定知道老讀者們打算對他怎樣。」

「我不確定他知道，」愛麗絲說，「我不確定他知道任何事情。我跟他講話的時候，感覺他已經半瘋了，而且折磨用某種方法……控制了他。我想，之前的事，根本不是雅各的錯。」

「不管是誰的錯，都沒差，」愛倫說，「我們為什麼應該回去找他？」

「我又沒要求誰跟我一起去，」愛麗絲說，「折磨似乎不想傷害我，可是這點對你們其他人就不適用了。我會替你們全部開個路徑回入口書那裡，然後自己回頭去找雅各。」

「愛麗絲，」愛倫的表情和緩下來，「我知道妳替雅各難過，可是妳想想嘛，要是妳單獨出動，最後的下場就是被殺。」

愛麗絲用力嚥嚥口水，可是目光直視對方。光輪在愛倫的頭頂上搖曳跳動，恍如晃動的燭火。

「我要跟愛麗絲一起去，」艾薩克說，「妳們其他人想怎樣都隨妳們。」

「什麼？」愛倫說。

「為什麼？」愛麗絲說。

「因為妳說得對，」艾薩克說，「雅各需要我們的幫忙。」

「可是——」

問題是，愛麗絲沒說出百分之一百的真相。折磨想從她這裡得到東西，而她也需要從他那裡得到東西，要是有任何人知道伊掃跟我父親的死有什麼關聯，一定就是伊掃的迷陣怪了。如果她現在就離開，老讀者們別無選擇，只能親自上陣處理，到時她就會永遠喪失查明真相的機會。

可是，不能讓學徒們跟我一起去。為了找出自己迫切需要的真相，冒著自身的生命危險，這是一回事。要是艾薩克跟我一起去——如果他到時受傷……或什麼的——想到就難以忍受。愛麗絲猛烈地搖搖頭。

「不行，我是說……」她頓住，「欸，折磨不想傷害我，他親口告訴過我，我不會有事的。」

「最好是，」艾薩克拉長語音，扣住愛麗絲的目光，「因為我們都很清楚，迷陣怪永遠都會『說實話』。」

「艾薩克弟兄說得對，」黛克西說，「妳只是知道折磨目前還沒傷害妳，並不曉得他最終的企圖。」

「所以我們更應該全部都離開。」愛倫說。

黛克西搖搖頭。「愛麗絲姐妹說得有理，要是雅各兄弟受到這個迷陣魔的控制，我們一定要幫他。」

「妳該不會要留下來吧，」愛倫氣急敗壞說，「妳連走路都沒辦法！」

「我正在跟索拉娜姐妹商量，」黛克西說，「她認為她可以幫我處理腿傷的問題。」

「妳也要加入？」愛倫對索拉娜說。在這個青少女的凝視下，較稚嫩的女孩畏縮一下，目光牢牢盯著地面，但微微點了個頭。

「不行！」愛麗絲脫口就說，「聽著，我沒有要任何人幫我，我不用你們幫忙！」

「我想那也不是妳可以自己決定的。」艾薩克說。

「可是……我不能……」愛麗絲搖搖頭。這就好像要派索拉娜再次衝過那些鳥怪一樣。**我沒辦法負責的，沒辦法為每個人負責。**

「你們都瘋了。」愛倫說，雙眼泛光，似乎又要哭了，「蓋瑞特是我們當中最強大的一個，而他都死了。你們不懂嗎？如果我們現在不離開，到時候全都會死。」她轉向愛麗絲。「妳不能讓他們這樣做。」

愛麗絲環顧整圈人，一次望著一張臉，然後低頭看自己的雙手。

「我不確定我是否攔得住他們。」愛麗絲用細小的聲音說。

「好，」愛倫厲聲說，「太好了，祝你們被宰愉快，你們出發以前介意先把我放下嗎？」

他們沿著樓梯往下走，黛克西倚在艾薩克身上，到了往外連向一座橋的第一個門口。愛麗絲發現，在類似的空間之間，創造連接兩地的路徑——橋對橋、樓梯對樓梯——

做起來最簡單。

愛麗絲用手勢要其他人別開視線，然後閉上自己的雙眼。沒人在看的時候，要摺起迷宮織物，就是會簡單一點。她在堡壘裡伸出觸角，感應到他們當初前往第一座塔所走過的長橋，然後讓路徑現身。她睜開雙眼時，門口已經連上了那座橋，放著那本入口書的小小石台就在幾百碼之外。

她碰碰愛倫的肩膀。「準備好了。」

愛倫往外望向那座橋，然後低頭看看愛麗絲。「妳真的不來？」

愛麗絲搖搖頭。

「妳一定……」愛倫悶哼，「你們一定都覺得我是糟糕的膽小鬼。」

「沒有的事，」愛麗絲說，「我也想離開啊，可是就是不行。」

「妳沒把真相都告訴我們。」

愛麗絲一語不發。愛倫搖搖頭，最後一次抹抹眼睛，然後頭也不回穿過了門口。

折磨已經逐漸逼來，扯著愛麗絲的路徑，歡喜得像是把別人的沙堡踢翻的男孩。愛麗絲儘可能抓緊迷宮織布。「你們其他人也應該離開，」她說，「我沒辦法讓路徑撐很久。」

艾薩克哼哼鼻子，別過腦袋。愛麗絲先看看黛克西，最後再瞧瞧索拉娜，後者微微搖了腦袋。

「妳說得對，」那個女孩悄聲說，「我……欠妳人情。」

愛麗絲瞥瞥入口書最後一眼，然後就讓那個連結滑開。眨眼間，外頭的那座橋消融不見，眼前出現另一座高塔，折磨嘲弄的竊笑透過織布細聲傳來。

等著吧，愛麗絲想，試著驅走心中的疑慮，**我就要來找你了，我們都要來找你了**。

第十九章 來得是時候的喘息時間

「索拉娜，」愛麗絲說，「妳跟黛克西說過，可以幫她處理一下腿傷？」

索拉娜點點頭，害羞地撇過視線。「我還可以替大家做件事，我想我們都需要休息一下。」

「我不確定我們有那個時間。」艾薩克說。

「不會有問題的。」

索拉娜把手探進衣領底下，從暗袋裡取出小小的東西。在火炬光線下，發出紅寶石的閃光，愛麗絲走過來看個更仔細。那個小東西鑲嵌在水晶跟寶石裡，沒比小指指甲大多少。

「是我主人好幾年前給我的，她叫我永遠別用，除非……」索拉娜停住，搖搖頭，「無所謂，我們現在就需要。」

索拉娜把那顆小莓細心放在地上。然後，快速舉起一腳，用盡全力踩下去。小東西應聲破裂，發出玻璃的脆響，一縷白煙從索拉娜鞋底下方裊裊升起。白煙漸漸合併成奶白色的球體，懸浮在腦袋高度的地方，看起來沒比霧氣還扎實。

四個人全都默默等待。一兩秒鐘之後，有個靜如微風嘆息的人聲說：「是的？」

「我以第七十三艾狄肯的名義召喚你，」索拉娜說，聽起來像是死記硬背的說詞，「債未償清，我們要求救援。」

再一次停頓，然後那個人聲回答。「我又老又累，這個協議很愚蠢，你們艾狄肯當初擺了我們一道，沒有人類應該活這麼久。」

索拉娜的表情一時動搖，但咬緊牙關說：「我要求救援，這是我的權利。」

「噢，好吧。」那個霧氣球體開始長大，最後形成了門口的輪廓，懸掛在半空中。另一側只露出一片漆黑，彷彿有一面黑絲絨簾子掩住似的。「我們在那麼多世紀以前承諾過，我們依然繼續償債，你們可以到我們的領地逗留。」

索拉娜吹出一口氣，那個霧氣形體晃動旋轉，她轉頭面對愛麗絲。「我不確定這會不會成功。」

「我是很佩服啦，」艾薩克說，「可是這要怎麼幫得了我們？」

「進來吧。」索拉娜將雙手舉在身前，彷彿撥開簾幕似的，然後跨步踏過門口，她沒從另一邊出來。

愛麗絲看看艾薩克。他聳聳肩，伸手扶黛克西起身。在他的扶持下，她單腳跳過了門口，艾薩克跟在她背後進去。愛麗絲不確定後方會有什麼，但還是緊緊跟了上去。

她覺得有東西拂過了皮膚，不是很扎實的東西，而像是乾燥的濃霧。到了另一側，

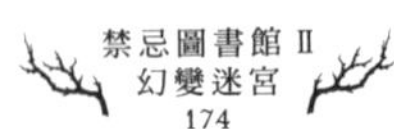

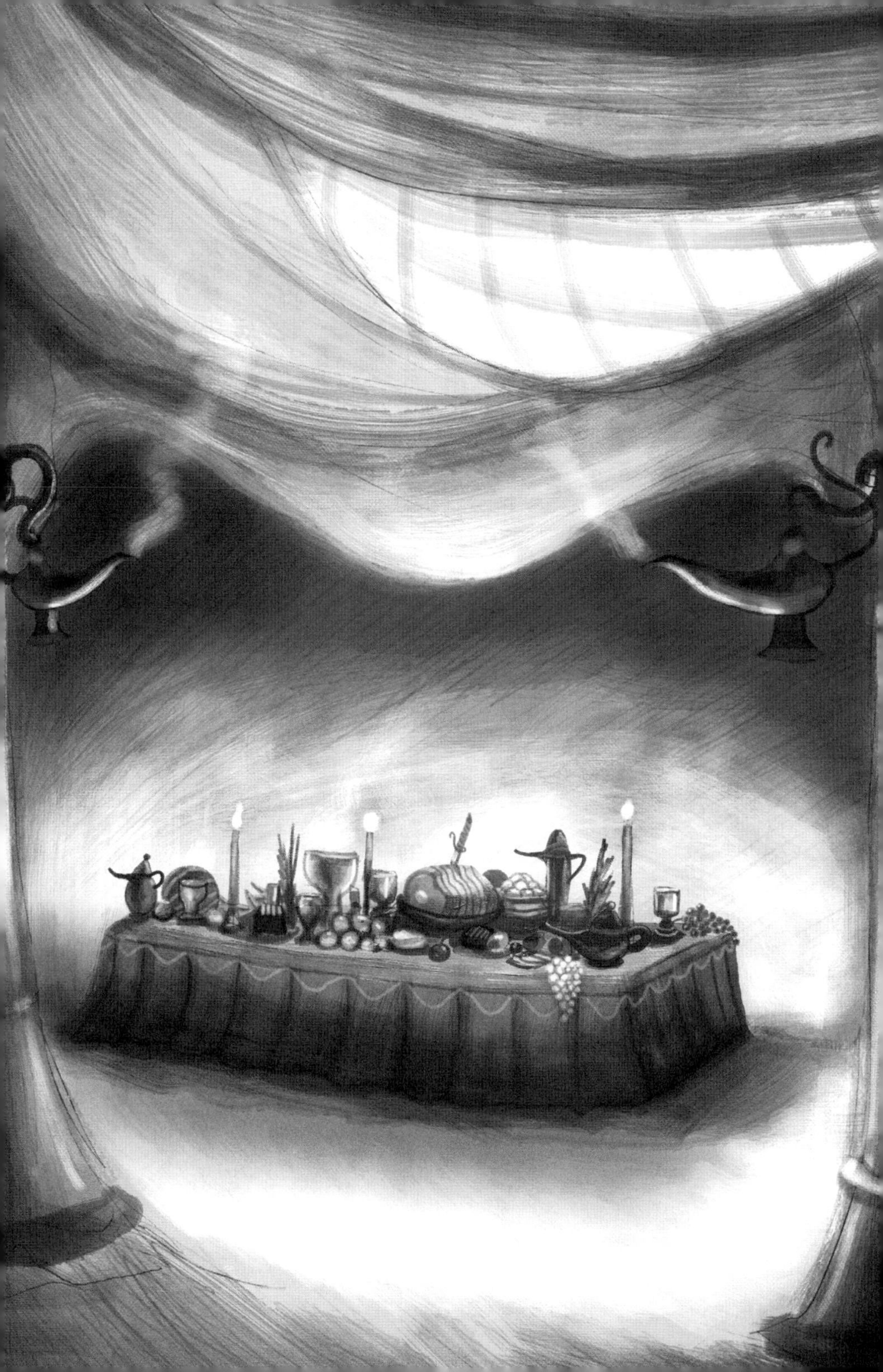

迎面就是溫暖的暗光，還有香料的刺鼻氣味，夾帶著煮肉的味道。她可以聽到油脂在火上滋滋作響，提醒她從吃掉仿蘋果的菓子以來，好久沒吃東西了，她嘴裡湧現口水。

她的雙眼適應了更幽暗的光線後，發現自己跟其他人站在一個紫色絲綢搭成的偌大帳篷裡，大小有如網球場。帳篷撐桿上掛著小小銅製油燈，散放友善的光芒，油燈有著弧形的把手，有如《一千零一夜》故事裡出來的東西。

帳篷中央有個長方桌子，重重擺放著大量的食物跟飲料。托盤上有肉片、柔軟的炙烤蔬菜，托盤之間放了好幾個高高的玻璃水壺，還有好幾個淺盤的水果跟起司。一切像是他們穿過門口以前，才端上來擺好的，炙火烤黑的肉塊依然冉冉冒著熱氣，烤肉已經切開，露出了軟嫩的粉紅內部。

「我們在這裡很安全，」索拉娜說，「我的主人說這個地方不是書本世界，比較像是某種固體的海市蜃樓。」

「不是真的嗎？」愛麗絲說。

「看起來很真啊，」艾薩克盯著烤肉說，「聞起來很逼真。」

「是真的，」索拉娜說，「可是這裡只存在於某種……縫隙裡。這裡沒有時間，沒有真正的時間。等我們回到外頭去，一切就會像我們當初離開的那樣。」

「妳確定？」艾薩克說，「我從來沒聽過時間用不同方式運作的世界。」

「是我主人告訴我的，」索拉娜說，「她以前帶我來這裡過一次，寶石可以支撐多久，這裡就只能維持到那個時候，她說前後大概八個鐘頭。」

「不過，我們可以乘機吃點東西，」愛麗絲說，「吃了不會發生怪事吧？」

「我想不會。」索拉娜說。

愛麗絲看看艾薩克，他聳了聳肩。

「對我來說已經夠好的了。」他說，這句話彷彿是個事先安排好的暗號，話語方落，四個人就像餓壞的小狗，一同撲向擺滿食物的桌子。

大飽口福、暢飲甜美的涼水過後，愛麗絲跟艾薩克坐在桌邊，索拉娜則去照料黛克西的腿。她先解開原本的繃帶，用一整壺水沖掉表面的乾硬穢物，露出底下一道猙獰的長裂口，那裡持續淌出鮮血。愛麗絲不得不別開視線，可是黛克西睜大眼睛入迷盯著，彷彿很興奮能夠一窺自己身體內部。既然以前手臂被咬掉過，說不定這種傷口對她來說是小事一樁。

全部清潔完畢之後，索拉娜召喚束縛生物出來，她的手指之間開始湧出淺橘色乳霜。她大坨大坨抹上黛克西的腿，然後輕柔地在傷口上揉搓。每次只要有一把乳霜抹上腿，黛克西就會打個寒顫。愛麗絲出於好奇，就用小指指尖沾了一點，皮膚感覺涼爽刺癢，彷彿浸到藥用酒精裡似的。

索拉娜把繃帶重新紮好，愛麗絲回頭看看餐點大幅減少的桌面。他們剛剛吃下肚的食物，有大半是愛麗絲根本不認得的，可是當時餓過頭，根本無暇在意。

「你想這些是什麼東西？」她對艾薩克說。

「那個？」他用手摀嘴，打了個飽嗝。愛麗絲做了鬼臉。

「就是長得像超大葡萄乾的東西。」

「誰知道啊。」

「是椰棗，」索拉娜說，「你們沒吃過嗎？」

「我不確定美國有這種東西。」愛麗絲回頭就發現索拉娜用有效率又熟練的動作纏好了繃帶，看起來比艾薩克即興的捆法專業許多。「這就是妳老家的食物嗎？」

「是主人專用的食物，」索拉娜漫不經心說，用碎布清理雙手，「在老家，我們在森林裡抓得到什麼就吃什麼。」她一抬頭便沉默下來，意識到其他三人都盯著她看。她突然害羞極了，再次對著黛克西的腿垂下腦袋，假裝調整繃帶。

「愛麗絲姐妹，」黛克西說，「可以問個問題嗎？」

「當然。」

「妳真的幾個月以前才開始跟傑瑞恩主人學習的？」

愛麗絲謹慎地點點頭。「為什麼要問？」

「妳之前住哪裡？」

「當然跟我家人住啊，就跟我父親。」

「在外頭的世界？」索拉娜打岔，語氣充滿好奇，「跟凡人在一起？」

「對。」愛麗絲說。她記得艾薩克說過，他很小的時候就被帶去跟主人一起生活，可是她對其他人的狀況一無所知。「父親過世以前，我根本不知道自己是讀者，後來我就被送去跟傑瑞恩住。」

「發現自己不是凡人，一定很震驚吧。」黛克西說。

「我想是吧。怎麼？妳什麼時候發現的？」

「最得寵者是在閱讀星象跟預兆的時候發現我的，」黛克西說，「她在我很小的時候，就把我帶到她的宮殿去住了。」

「那妳家人怎麼辦？」

黛克西聳聳肩。「我不記得他們了。最得寵者要我放心，說他們按照慣例得到了充分的補償。」

「她把妳買下來？」愛麗絲忍不住想到，維斯庇甸就曾經企圖跟她父親談價，「太糟糕了！」

「噢，不，那對每個人來說是最好的了。說到底，要是她沒把我帶走，我永遠也不會知道自己的力量，我可能活一輩子都不知道自己真正的目標。」

「可是……」愛麗絲搖搖頭，瞥了瞥艾薩克想得到聲援。

他聳聳肩。「我也沒辦法多說什麼，」他說，「就我記得的，我一直都在主人身邊。」

「你們都沒家人？」愛麗絲看著索拉娜，後者搖搖頭。

「在我還小的時候，家人就……都死了，」女孩說，「我的主人從那時候開始訓練我。」

那番話讓這場對話一時陷入沉默，永遠爽朗的黛克西打破了這個魔咒。

「那麼，愛麗絲姐妹，妳對凡人世界滿熟悉的嘍。」

愛麗絲眨眨眼。「我想一定的吧。」

「我們聽過很多奇怪的傳聞，」黛克西說，「凡人現在真的會飛了嗎？我一直不相信有這種事。不會魔法要怎麼飛？」

「妳指的是搭飛機吧？」愛麗絲輪流望著黛克西跟索拉娜，但兩個女生只是一臉茫然。「飛機是一種機器，」她緩緩地說，「你們知道的，就是有引擎跟推進器，是金屬做成的。」

兩個女生先是驚奇地瞪大眼睛，滿臉不解之後，連珠砲似地拋出問題。愛麗絲發現，她們對現代世界無知到令人吃驚。黛克西看過煤氣燈，讀過無馬馬車[3]的事，可是對電力、電話或廣播一無所知。索拉娜的狀況更糟。她聽到愛麗絲形容曼哈頓的時代廣場時，驚愕不已，斷然拒絕相信有蒸汽跟輪船這種東西。

聽愛麗絲重新描述一次之後，索拉娜說：「哪有可能用金屬造船啊，金屬很重，船會沉的。」

黛克西藉由溫柔的敦促，鼓勵索拉娜說點自己成長的歷程。愛麗絲幾乎不曉得該懷抱什麼期待，但小女孩說出口的第一件事就讓她措手不及。

「我不是在地球上出生的，」索拉娜說，「我的村落——我們向來都只叫它『村子』——在另一個世界裡。只有透過主人藏起來的一本書，才到得了那裡。」

「等等，」艾薩克說，「我從來沒聽過有人類從地球以外的世界過來。」

「我們原本也不是那裡的人，」雖然索拉娜依然沒抬頭看艾薩克，但講述個人故事的過程中，語氣似乎越來越有自信，「好幾個世代以前，我的族人原本住在地球上。有一場大災難正要把我們整個族摧毀的時候，我主人艾狄肯出手介入，提供我們一個新家。從那時起，我們就因為感激而替她服務。」

「住在另一個世界，」愛麗絲說，「是什麼情形？」

「很辛苦，」索拉娜說，「我們住在古老森林的暗影裡，捕獵當地的野獸為生，牠們反過來也會捕獵我們。」索拉娜頓住。「我那批人裡面原本有二十六個孩子，最後只有我活下來。」

大家震驚得一時陷入沉默。

「不過，妳生來就是讀者吧。」黛克西說。

3. 指的是汽車。

「對，艾狄肯測試過村裡的每個孩子，看看誰有這種天賦。在我那群人裡，只有兩個人有——我跟同父異母的姐姐卡絲德亞。這種狀況很罕見，艾狄肯很滿意，她請全村吃了一頓大餐。」那份回憶讓索拉娜泛起淡淡笑容，但是接著她的臉色一沉。「我跟我姐姐一起去受訓，可是她比我有天賦多了。主人打算讓我們成為互補的團隊，一人負責打鬥，另一人負責支援。你們可以看到，她選擇讓我束縛的生物，都是做為支援用的。」

她指指黛克西的腿，繃帶現在纏得很牢固。「可是我一直不夠厲害，沒辦法陪卡絲德亞出任務，在我準備好以前，她就在一場戰鬥中被殺死了。現在主人派我獨自出來，我想，她是把我當成失敗的實驗品，想越快甩掉我越好。」

我的老天，傑瑞恩警告過她，訓練學徒的時候，不是每個讀者的作風都跟他一樣「開明」，可是她從沒料到會有這種故事。而黛克西就像一條麵包似的，從家人身邊被買走，誰曉得艾薩克又是從哪裡來的。愛麗絲咬著嘴唇，那些做法真沒人性。

傑瑞恩是個讀者，終結曾經低聲說過，他的魔法奠基在殘酷跟死亡上。可是比起其他老讀者，傑瑞恩聽起來簡直像個聖人了，不過，真的是這樣嗎？愛麗絲想起艾瑪，那個經過傑瑞恩「幫忙」卸除讀者天賦的女生，現在像個機器人似的，在圖書館大宅裡服務，愛麗絲不禁一陣哆嗦。

黛克西趕緊轉換話題，大家討論起束縛生物，還有那些生物各自有何能耐。愛麗絲示範了簇群跟惡魔魚。艾薩克則解釋，自從他們上次見面以來，他束縛了叫「火怪」的火妖精，可以噴出熱火，或是讓他用雙手熔化東西。

黛克西說，她的銀劍屬於一位叫做「卡里亞提」的聖戰士。她利用另一個叫「月妖精」的生物，製造出一團團奶白色的物質，就像固態的月光，可以雕塑扭轉成自己想要的形狀，可以跟布匹一樣柔軟或跟鋼鐵一般堅韌。在愛麗絲的催促下，她替他們四人雕出枕頭跟薄被，蓬鬆雪白，散放著微光，好似撒上點點銀粉的雲朵。

單是看到寢具，愛麗絲就明白自己有多麼疲憊，其他人顯然也有同感。索拉娜再檢查黛克西的繃帶一次，然後蜷起身子，在月亮被單下緊緊縮成一顆球，黛克西則是攤平身子，對受傷的那條腿格外小心。愛麗絲發現自己打起哈欠，正在決定能不能再塞一塊酥皮肉餅進肚子裡，這時艾薩克碰了碰她的肩膀。

「愛麗絲，」他壓低嗓門，「我想時候到了，欠妳的答案該給妳了。」

第二十章 艾薩克的自白

「我很難相信索拉娜跟我們說的事。」他們走往帳篷另一端的時候，愛麗絲說。

「對我來說很平常，」艾薩克陰鬱地說，「從讀者的角度來看，這種做法很合理。趕在其他讀者之前，把擁有天賦的新人搶到手，這一直是重點所在。艾狄肯創造了一批負責繁衍的人，專屬於她，讓她可以從中找出這些人。如果有其他讀者這麼做，我也不會訝異。」

「可是這樣很過分！她竟然讓那些人活在充滿怪獸的世界裡。」

「也許她認為嚴酷的環境裡可以培養出更多讀者，就像挑出速度最快的馬匹當種馬那樣。」

「不能把人當成馬啊，」愛麗絲皺眉，「你聽起來好像很認同她的做法。」

「當然沒有，這樣很過分。我只是說，從她的觀點來看，這樣說得通。」艾薩克搖搖頭。「老讀者永遠只為自己的利益著想，其實有點像是演化。不夠聰明、不夠惡劣的，老早被其他人幹掉了。」

等他們一走到其他人聽不見的地方，愛麗絲就轉身面對艾薩克，並且扠起雙臂。

「好了，」她說，「解釋吧。」

「我要先問妳一個問題，」他說，「妳到底來這裡幹嘛？不可能只是要救雅各吧。」

愛麗絲吃了一驚，眨眨眼。「我看不出跟你有什麼關係，」她說，「況且，他就是需要我們的幫忙。」

「可是妳本來還不希望其他人跟妳一起來，如果妳只是要救某個人，就不會表現出好像很為自己的行動羞愧的樣子。」

「我只是不希望你們其他人受傷，折磨他——」

「妳沒辦法預測折磨會有什麼行動，這點妳明明很清楚。妳不希望我們一起來，是因為妳還有別的打算。」

「不是那樣的。」愛麗絲說完便頓了頓，「我是要去救雅各沒錯，可是還有別的事，我不希望任何人為了我受傷。」

「噢，」艾薩克若有所思瞅著她看，「這我相信，可是『別的事』是什麼事？要替傑瑞恩找寶物嗎？」

「才不是！如果是的話，我老早跟愛倫一起離開了，是……私事。跟你說過，不干你的事嘛！」她怒瞪他，「那你又來這裡幹嘛？我確定你才不是因為大發善心才來的。」

「我是因為我哥才來的。」艾薩克說。

「伊凡德？」他以前在圖書館裡，就跟愛麗絲講過這個故事，當時他想說服她，讓他帶著《龍》逃跑。他們兄弟倆一起成長，最後艾薩克的主人卻把伊凡德當成乳牛那樣，換給了另一個讀者。「為什麼？他應該來參加這趟任務的嗎？」

艾薩克苦澀地輕笑一聲。「不然妳以為大家來這裡是要找誰？」

愛麗絲花了點時間分析情勢，一弄清楚便瞪大雙眼。

「等等，我還以為伊掃的學徒是**雅各**。」

「伊掃改了他的名字，」艾薩克說，「把他當成寵物似的。」

「你確定？」

「我當然確定！我跟妳說過，我們分開之後還碰過幾次，他都會拿改名的事來開玩笑。」艾薩克表情陰沉，流露怒意，「他會殺了伊掃，我也不意外，是那個怪物活該。」

「可是你主人為什麼要派你來殺他？」

「也許是為了試探我，」艾薩克懶懶地踢著帳篷的織布，「想確定我夠忠誠還是什麼的吧。也許他只是徹底忘了伊凡德，或是根本忘了他把伊凡德換給了誰，他就是做得出這種事。」

「所以你從一開始就知道了。」愛麗絲說。艾薩克賭氣的表現跟佈滿血絲的雙眼，突然都比較說得過去了。「我們找到他的時候，你打算怎麼做？」

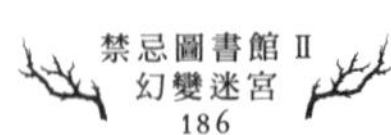

「我不知道，也許幫忙他逃走吧，或者說服他和平地跟我們一起離開，然後求讀者們手下留情。我不會讓你們其他人發現的，因為你們會想辦法阻止我。」

「所以你才一直假裝我不存在？」愛麗絲說。

「對不起，」他說，「我以為……這群人裡面，只有妳知道我跟他的事。我很怕，要是我跟妳講話，就會不小心說溜嘴，然後妳就會明白我的計畫，妳可能會講給其他人聽。」他難為情地搔搔臉頰，別過頭去。「而且我以為妳還在生我的氣。」

「應該的啊，我的意思是，我是應該生你的氣，你偷走《龍》的招數也太低級了。」

「對不起啦。」艾薩克再次說，低頭看著地板。

「我剛到這裡的時候，滿腦子只是想到，可以看到熟悉的臉真好，」愛麗絲搖搖頭，「至少在你開始跟我冷戰以前，我是這麼想的。」

「對——」

愛麗絲翻翻白眼。「拜託別再道歉了。」

「對不起。」艾薩克喃喃自語，一意識到自己說了什麼，便咯咯笑起來。他的笑聲充滿感染力，愛麗絲發現自己也咧嘴笑了。

「我很高興有這個機會告訴妳，」艾薩克說，「我不希望妳以為我是……」

「混蛋？」

「嗯。」他對上她的目光，「尤其如果這是我們……最後一次見面。」

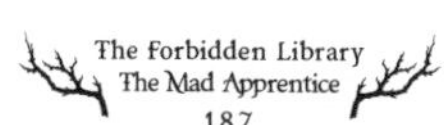

一陣久久的沉默。愛麗絲再次臉紅，但沒把目光移開。她傻傻地注意到，他的眼睛是棕色的，有一圈綠斑點，漂亮的眼睛。

艾薩克視線一垂，打破了魔咒。

「所以你現在打算怎樣？」她說，「雅各的事，我的意思是，伊凡德的事，不管是哪個。」

「我不曉得。」他又皺眉了。「我剛剛才鼓起勇氣跟妳說而已。」

「要是他的確受到了折磨的控制，」愛麗絲說，「我們也許就能找到脫身的辦法，如果不是他的錯，傑瑞恩跟其他讀者們就不用懲罰他。」

「妳不知道他們是怎樣的人，」艾薩克陰沉地說，「可是我猜是有這個可能。」

「我們甚至可以說服你主人重新收他當學徒！」愛麗絲一陣興奮。她一直在想，要是他們這行人成功帶回雅各，雅各會有什麼遭遇，這個答案感覺很完美。「你們就又可以在一起了！」

艾薩克的表情混雜著希望，以及認定事情總會出差錯的黑暗。他勉為其難點了點頭。「如果可以這樣的話……」

「會成功的，我知道會成功的。」

「嗯，」他再次搔搔臉頰，「聽著，我知道妳來這裡有自己的理由——」

「別再提這個了。」

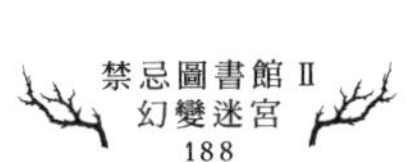

艾薩克咳了咳。「我只是想說謝謝，謝謝妳來幫雅各，不管妳這樣做的原因是什麼。」

「噢，唔，嗯。」現在輪到愛麗絲覺得難為情，別開了視線。「我知道我跟大家說，我想單獨行動，可是我很高興你們留下來幫忙，這樣會比較……輕鬆。」

「嗯。」艾薩克回頭望向其他人，大聲清清喉嚨。「我想我們最好也休息一下。」

黛克西用月亮布做成的毯子跟枕頭，跟任何羽絨一樣柔軟細緻，厚厚的鋪毯跟羽毛床一樣舒適。不過，愛麗絲暗想，過去幾個鐘頭，她體力透支、渾身發疼，即使眼前是釘床，她也照樣睡得著。感覺才碰到枕頭，黛克西就把她搖醒了，不過她猜自己前後應該睡了幾個小時。

愛麗絲坐起身的時候心想，**肯定有幾個小時**。她之前口乾舌燥，在用餐期間猛灌了好幾瓶水。索拉娜開始解開黛克西的繃帶時，愛麗絲對上她的目光。

「這個帳篷有沒有……」愛麗絲比了比模糊的手勢，索拉娜顯然沒弄懂，最後愛麗絲把話說完，「……廁所還是什麼的？」

「噢！」

索拉娜一手摀嘴，咯咯竊笑。她指出隱密的壁龕給愛麗絲看，前方掛著一張紫色絲綢。等愛麗絲大大減輕身體的負擔，從裡面走出來的時候，女孩已經拆完黛克西的繃帶。細細皺皺的粉紅色傷疤露了出來，襯在偏暗的棕色肌膚上相當鮮明。看起來很痛，不過從黛克西把重心放在那條腿上的表情看來，索拉娜的法術相當成功。

「真是感激，索拉娜姐妹，」黛克西說，「連最得寵者都不見得能用這麼嫻熟的技巧，把我拼湊回來，而且她處理這種事情的經驗算是很老到了。」

索拉娜臉一紅，可是顯然很高興。愛麗絲從桌上抓起剩下的一點水果，要大家在帳篷布簾那裡集合。他們在口袋世界的時間快結束了，一切開始變得飄忽起來，彷彿正逐漸恢復當初的霧氣狀態。

「記得，」愛麗絲說，「儘可能待在一起，我會盡量阻止折磨把我們拆散，可是他可能比我還強大。如果有必要，就手牽手，準備好了嗎？」

「準備好了。」艾薩克說。黛克西咧齒一笑，索拉娜微微點個頭。

愛麗絲猛地撥開帳篷布簾，低頭穿了過去，感覺扎實的霧氣拂過她的周圍。高塔的房間就如之前離開的模樣，愛倫堆出來的毀壞路障，就塌靠在門邊牆上。其他人在她背後出現，霧氣形成的門口晃動片刻之後坍垮下來。

「我會想辦法打開一條路徑，通到主樓去，」愛麗絲說，「我猜折磨就把雅各關在那裡。」

「我不確定有沒有那個必要。」艾薩克指著門口。

愛麗絲往外望去，看到景象已經變了。她再次望著那條寬廣大道，遠處的盡頭就

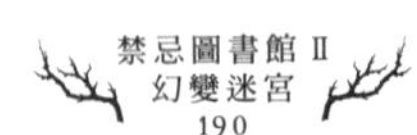

是圓頂主樓的前門。

邀約，龍是這麼叫的，看來其他人也受邀了，她不確定這種發展是好是壞。

「我不喜歡，」艾薩克說，「為什麼他願意讓我們直接走到前門？一定是陷阱。」

「有可能，」愛麗絲承認，「可是如果我們不打算離開，除了進去之外，難道還有別的選擇嗎？」

艾薩克扭了扭臉，但不發一語。愛麗絲帶頭往外踏上那座橋，黛克西跟索拉娜緊跟在後，由艾薩克殿後，他不時回頭張望，隨時保持警戒。

第二十一章 巨人的遊樂場

「那邊！」艾薩克說。

愛麗絲隨著他的手指望去，有東西在附近的橋上動著，那座橋就跟他們前往圓頂建築的路線平行。牠躲在陰影裡，可是她瞥見長長低矮的形狀，身側的暗色毛皮波動起伏。牠轉頭看著他們的時候，燈籠光線照得牠的一雙黃眼發出頭燈般的光芒。

「牠們一定在跟蹤我們。」艾薩克說。

「我也看到了。」黛克西說。

「牠們是護衛，」愛麗絲嘀咕，「我想牠們只是要確定，我們不會擅自離開這條路線。」

愛麗絲真希望自己沒有那種蒼蠅接受蜘蛛邀約的感覺，或者是小兔子接受狼的邀約。她咬緊牙關，要是真的是這樣，我們會讓他知道，我們可不只是一群小白兔。

龐然的石頭雙門嵌在大道盡頭的牆壁上。愛麗絲大步走在其他人前頭，往其中一扇門推，原本以為得用史百克的力氣才推得動，沒想到石頭在她手下輕輕鬆鬆就動了。大門往內旋開，一絲聲響也沒有，迎面即是寬闊無比的廳堂。

這裡有點像是中世紀國王為了讓臣民覺得折服而打造的那種空間，愛麗絲推想，這裡差不多也是為了這個目的。一切都以宏偉壯麗的規格打造，從牆壁旁邊那一排排厚重巨大的柱子，到後方像山一般高的樓梯，樓梯通往垂著簾幕的門口。石牆上按照規律的間隔，設有插著火炬的托架，火光照得覆蓋每個表面的金飾發出閃光：金飾像巨人戒指似地環繞著柱子，階梯邊緣也鑲有金飾，平滑的拋光地板裡甚至以黃金鑲嵌出繁複圖樣。

裝飾最繁複的，是那座矗立在房間中央的雕像，是個極盡炫麗之能事的重點擺飾，一路從地板延伸到天花板，少說有五十英尺高，雕像描摹一個肌肉強健、滿臉鬍子的巨人，全身只在腰間纏了塊布，雙手平壓在拱起的天花板上，彷彿自己是另一根棟樑。他完全是用拋光的鋼鐵製成的，肌肉每個弧度都映出了火炬的光。巨人脖子上掛著厚重金鍊，手腕跟腳踝都有黃金或白銀製成的環圈裝飾，那種環圈大到愛麗絲可以輕輕鬆鬆鑽過去。巨人的眼睛直直往下俯瞰著入口，一臉深思，彷彿正在決定是否要把涼鞋腳下的昆蟲踩扁似的。

愛麗絲覺得這一切的品味都差極了。有一次在拜訪父親同事裝飾過度的大宅之後，父親曾經跟她說過，越是覺得需要擺出華麗的裝飾，就表示那個人越急著想打動你。即使她父親可能會因為這裡展示了大量珍貴金屬而心生敬畏，但愛麗絲在讀者世界度過夠多時間，很清楚用人類角度來衡量的財富，對讀者來說毫無意義。因為在某本書

裡，在某個地方，可能有某種生物可以憑空造出黃金跟珠寶，所以去囤積這些東西根本沒有意義。

從艾薩克的表情看來，他也有同感，但索拉娜瞪大了眼睛。對在森林裡成長的人來說，這種景象可能相當驚人。黛克西露出盤算的神情，彷彿是竊賊在估算這一票可以撈到價值多少的好東西。

正門突然在他們背後關起，寂靜無聲，有如當初打開一樣。愛麗絲領著大家越過拋光地板，靴子每踩一步就發出喀啦響。他們來到巨型雕像的腳下，此時階梯頂端的簾幕突然鼓脹起來。愛麗絲立即停下腳步，準備拉扯心中的線。

雅各出現了，扠著手，往下睥睨著他們。模樣骯髒虛弱，眼窩深陷，頭髮亂成一團，愛麗絲聽到艾薩克在她身邊低聲呼吸。

「你們來這裡幹嘛？」雅各說，聲音洪亮，迴盪在整個廳堂裡。跟之前對愛麗絲說話那種猶豫支吾的語氣迥然不同。「我沒准許你們進入我的領地。」

「我們是來幫你的！」愛麗絲回喊，聲音在房間裡跳動，以怪異扭曲的回音傳了回來。

「妳的意思是，你們遵照主人的命令，來這裡殺我的吧。」雅各說。愛麗絲遲疑一下。他放聲笑了。「你們有這種打算是很蠢的事，我希望我已經讓你們吃到苦頭了。」

「折磨在利用你，」愛麗絲說，「你……下來這邊跟我們談談，好嗎？」

「別傻了，」雅各舉起雙手，「我已經繼承了我所謂主人的衣缽，其他讀者越早接受這點越好。我應該消滅你們整幫人，以便確定他們弄懂我的意思。」他腦袋一偏。「不過，我會展現慈悲心的，離開這裡，永遠別再回來，這樣你們就能保住小命。」

「我……」愛麗絲頓住，不確定該說什麼。艾薩克站到她身前。

「伊凡德！」他喊道，「我知道說這些話的其實不是你，你才不會這麼蠢。」

雅各眨眨眼。隔著這麼遠的距離，很難看出他的表情，但他似乎一時沒了把握，雙手落到了身側。

「我……艾薩克？」低沉洪亮的聲音不見了，「是你嗎？」

「就是我！」艾薩克往前跨出一步。

「你為了我……來了？」

「當然啊，」艾薩克一時哽咽，「當然了。」

「我不……我沒有……」雅各往前走近一步，「我並不想那樣做，你不能逼我說，是我自己想做的。我只是想……我並沒有……」

愛麗絲聽到耳畔有個潮濕猙獰的竊笑聲。

「噢，我懂了，」折磨說，「真貼心啊。」

愛麗絲連忙轉身，可是那裡什麼也沒有。她感覺迷宮織布裡有一陣顫動，然後現實世界裡也起了一陣顫動，細微的震顫竄過了石頭。

「不！」雅各中氣十足地說，「我不會上當的。」
「什麼？」艾薩克一臉驚愕。
「是折磨的關係，」愛麗絲低斷，「折磨用某種方法控制住他了。」
「愛麗絲姐妹……」黛克西猶豫地開口了。
雅各轉身大步穿過簾幕，就像喝令眾臣退朝的帝王。
艾薩克準備跟上去，接著回頭看看其他人。
「妳們還在等什麼？」他說，「我們必須去追他啊！」
「我們當然要追，」砂粒打到臉頰，愛麗絲一把抹去，「可是我們不能急著闖進折磨安排好的東西啊。」
「是不行，」折磨不帶形體的聲音說，「拜託，千萬不用急，我玩得可愉快了。」
「愛麗絲姐妹！」黛克西說。
愛麗絲轉身。「什麼事？」
一顆小石子打中她的肩膀，彈了開，吭噹落在拋光的地上。黛克西無言地往上指著。愛麗絲抬頭，視線往高處爬升，最後直直盯著巨人雕像的臉。他鋼灰色的空白眼睛正直直瞪著她。就在她看著的時候，他竟然眨了眼睛。一根巨手的手指屈屈伸伸，扯離天花板，發出破壞螺栓的乒乓響，還有石頭碎裂的喀啦聲。灰塵跟石片開始像雨水一樣不斷落下。

雕像把手握成拳頭，大小有如汽車。他將另一手猛力扯離天花板。接著地板開始顫動，一隻巨腳發出受壓過大的金屬尖響，往空中抬高幾吋。

學徒們往上盯著那個東西，彷彿被催眠了——就像看到雪崩的反應，愛麗絲暗想。好巨大、好笨重，感覺勢不可擋。她滿腦子只能想到那雙巨腳的陰影籠罩在她身上，還有堅實的鋼鐵表面往下——

「快逃！」

最後證明，索拉娜是這群人裡頭，腦筋轉得最快的。她勉強張嘴尖叫。

索拉娜的尖叫聲嚇得大家開始行動。愛麗絲馬上奔向柱子，其他人跟在她身邊，天花板落下的岩塊紛紛砸在他們的四周。

鋼鐵巨人在他們背後，一腳扯離了地面，開始拉著另一腳。

「有人知道那是什麼東西嗎？」愛麗絲喘著氣。她憑著本能扯動簇群線，讓皮膚堅韌起來。

「某種……讓物體活起來……的妖精吧！」艾薩克說。

「有誰知道該怎麼辦嗎？」

「快到柱子那邊去！」

「對！」

他們還沒衝到那排柱子以前，巨人已經把另一腳扯離地面了。他才跨出一大步，就走完了跟他們之間的一半距離，笨重的金手環跟踝環哐啷作響，精雕細琢的大腿上，鼓凸的鋼鐵肌肉隨之起起伏伏，有如水銀表面起了漣漪。一隻巨手撐開手指，往下伸來。

艾薩克邊跑邊用手指著巨人，將冰凍的狂風直接朝著巨人的臉噴去。一塊塊的冰砸碎在巨人的雕刻鬍子、臉頰，甚至是眼睛裡，可是就跟雹塊砸在金屬盔甲上一樣，效果微乎其微。艾薩克回首片刻，一時失足，差點踉蹌跌倒，但黛克西揪住他的衣領，把他往前猛扯，及時躲開了巨人往下襲來的手，金屬撞在石頭上爆出尖響。

學徒們衝進柱子跟牆壁之間的窄小廊道，片刻之後，巨人朝柱子撞來，有如動物衝撞著牢籠的欄杆。他把手擠進兩根柱子之間的縫隙，試圖抓住他們，但他鼓凸的肌肉太厚實，胳膊緊緊卡住。巨指頻頻扒抓，掃過了愛麗絲的腦袋上方，手指彼此碰撞，發出敲鐘般的鏗鏘響。

聲音嘈雜到沒辦法喊叫，但愛麗絲還是往前指著那排柱子，一行人繼續往前狂奔。巨人扯啊扯，但胳膊困住了。他握起另一手，揮拳打向那個石頭障礙物。金屬撞上岩石，彷彿炸彈爆開似的，柱子頓時消失，成了往外噴散的碎石塵雲。

巨人抓住下一根柱子的中央，把它整個從地面跟天花板之間扯開，發出了恐怖的碎裂嘎吱聲。他將手中的殘柱往背後拋去，伸手要扯下一根。

「現在怎麼辦？」艾薩克說。他們要不衝上階梯，不然就是衝向前門，巨人就擋在中央，整排的柱子迅速被破壞成碎礫。

「我不知道。」愛麗絲說，努力思索。巨人是鋼鐵做的，簇群的嘴喙幾乎傷不了他，而且這座雕像如此笨重，她覺得連史百克的力氣也扳不倒他。而且我的橡實用光了，這裡沒東西可以讓樹精運用。巨人徒手就可以把岩石捏碎——即使他們可以想辦法讓天花板掉下來砸中他，她怏怏然想到，到時他肯定還是能挖出一條生路來。一定有什麼可以做的！她在情急之下試著扯動龍線，但那個生物跟之前一樣無意出手幫忙，他們又沒辦法到門口那裡，藉由織布的縐褶逃出去——

「他速度好快，越來越接近了。」黛克西說，雙手各執一把銀劍。

「我看到了！」愛麗絲厲聲說。

「如果我們做鳥獸散，」黛克西平靜地說，「也許只有一個會被壓扁，其他人都逃得了。」

「要想出更好的點子才行。」艾薩克說。

他們跟巨人之間只剩三根柱子的距離了。愛麗絲以為會看到巨人充滿期待的笑容，但雕刻臉龐的表情一直沒變。

「一定有什麼辦法，」愛麗絲說，「我只是需要時間想想——」

「我會把他引開。」索拉娜說。

愛麗絲盯著她看。

「索拉娜姐妹，」黛克西說，「妳確定嗎——」

「我主人創造我，就是為了輔助我的同伴。」她仰頭望著巨人，巨人又扯掉一根柱子了。「我會抓住他的注意力，盡量拖時間。」

「索拉娜——」愛麗絲說。

「不要跟我爭！」

「我不會的，」愛麗絲抓住她的肩膀，「妳先讓他忙不過來，我們會想出辦法的。」

索拉娜點點頭。巨人將倒數第二根柱子扯掉的時候，她衝了出去，在一塊塊落石之間狂奔，路過了巨像的腳趾前方。巨人轉身跟隨，隨手丟下毀壞的柱子，才跨出一步，就趕上了狂亂奔逃的女生。他張開手掌往下朝她揮來，就像人類驅趕蒼蠅似的，這股衝擊在地板上迴盪，讓愛麗絲一時雙腳離地，同時也從天花板震下更多灰塵跟碎石。

索拉娜不見了，久久半晌，愛麗絲無法呼吸。**天啊，如果被打到了，一定只會剩下一團爛泥……**

接著女孩又出現了，直接從巨人展開的手指走出來，轉了個方向拔腿狂奔。雕像發出金屬的尖響，起步追隨，轉身背對著愛麗絲跟其他人，愛麗絲呼地舒了口氣。

「到另一邊去！」她低嘶，「快！」

對面牆壁還有一整排完好無缺的柱子保護著。愛麗絲跌跌撞撞衝進柱子的陰影裡，艾薩克跟黛克西緊隨在後。石塵的煙雲翻騰不已，掩住了房間裡的一切，只看得見巨人的腦袋，不過他瘋狂地揮動四肢，顯示索拉娜還在引誘他追著亂跑。

「她撐不了多久的，」愛麗絲嘀咕，「要是她有一次沒抓準時間——」

「她很勇敢。」黛克西說。

「我們可以衝到階梯上，」艾薩克瞥著大樓梯，頂端的門口有簾幕掩著，「那個東西絕對沒辦法跟著我們過去。」

「別傻了，」愛麗絲說，「我們必須幫幫她！」

「怎麼幫啊？我想我們的魔法都應付不了那個東西。」

「我們以前也沒魔法可以對付龍，」愛麗絲說，不在乎黛克西會不會聽見，「我那時候也沒打算放棄啊。」

「可是這裡什麼都沒有，沒樹、沒水，只有岩石！」

「我知道！」愛麗絲蹙起眉頭。快想、快想、快想啊。巨人撞向牆壁，房間的另一側傳來嗡嗡碰響。「你說那是會讓東西活起來的精靈，是什麼意思？」

「我的意思是，他並不是巨型的鋼鐵妖怪，」艾薩克說，「他是真正的雕塑，只是被某種無形生物附身了。」

「要怎麼殺掉那個生物？」

「我不知道，可是，單是破壞雕像應該也沒用，我想賽壬也幫不上忙。」

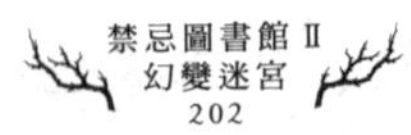

「要是破壞雕像也沒用，我們能做什麼？」

黛克西清清喉嚨。「艾薩克兄弟說得沒錯，破壞外在軀殼，可能沒辦法殺掉那個生物，可是不代表就沒用。如果我們讓巨人四分五裂，他就不會對我們造成什麼威脅。」

「對，」愛麗絲說，「對，可是他是實心的鋼鐵做的，我們要怎麼破壞？」

「我想我的劍應該作用不大。」黛克西說完便看著艾薩克。

他不安地挪挪身子。「火怪也許熔化得了。如果我召喚牠來，牠只會跟烹飪的火一樣熱，但如果我親自使用那股力量，就可以讓火熱得多。」他搖搖頭。「可是要透過碰觸才有用。不過如果我靠得夠近、可以碰到那個東西的話，我會被壓成一團爛泥！」

「從他追我們的方式看來……」愛麗絲說，「我想他的腦袋不是很靈光。我想到了，黛克西，我需要妳的幫忙……」

第二十二章 愛麗絲跟大巨人

「索拉娜！」愛麗絲站著，雙手弓在嘴邊，試圖壓過落石的隆隆聲跟巨人的轟轟腳步響。「索拉娜！過來這邊，快！」

愛麗絲一時以為雕像終於追上了女孩。接著索拉娜又出現在一團塵雲裡，動作笨拙慢慢跑著，手臂流著血，一臉疲憊又痛苦。愛麗絲揮手要她過來，索拉娜急切地拔腿衝刺。

巨人在索拉娜背後，聽見了愛麗絲的呼喊。他空白的眼睛轉向房間中央的兩個女生。他才跨出一步，就近到足以朝著她倆往下揮手，愛麗絲跟索拉娜並肩狂奔。巨大的鋼拳砸入她們背後的地面，裂痕在石地上往外擴散。

「那邊！」愛麗絲對著索拉娜的耳朵喊道，「跑到柱子那裡躲好，輪我接手！」

「可是——」

「去就是了！」

索拉娜衝向愛麗絲、黛克西跟艾薩克之前躲藏的那排柱子，暫時得到了安全的庇護。愛麗絲繼續站在毫無遮擋的地方，轉身奔向通往外頭的那扇門。巨人尾隨上去，但愛麗絲的注意力只放在黛克西身上，後者正貼在樓梯旁邊的牆壁上。黛克西對著愛麗絲狂揮手，愛麗絲點點頭之後轉換方向。雕像跟在她背後揮拳，轉身朝廳堂另一側那些斷裂破碎的柱子走去。

半路的時候，愛麗絲滑著腳步停下。她可以看到黛克西跑回艾薩克跟索拉娜躲藏的地方，背後拖著東西，是一道銀光構成的細線，在漫天灰塵中幾乎是隱形的。愛麗絲的視線循著那條線走，看到線纏住了雕像的腳踝。黛克西需要更多時間，如果巨人現在再往前跨一步，只會拖著黛克西在背後走。愛麗絲用力嚥嚥口水，巨人聳立在她上方。真希望我不用試這一招……

雕像舉起一拳，咻咻往下揮來。愛麗絲抓準自認最好的時機，在那一大塊金屬往下降落時，猛扯簇群線，她的身體化為一大堆蹦蹦跳跳的簇仔，分不清東西南北的感覺頓時湧來，但這種感覺現在已經相當熟悉。簇仔們從她原本站立的地方，極盡小短腿的速度，連忙從即將襲來的拳頭四散奔逃，好似迎風迸開的蒲公英毛球。

有隻簇仔沒逃成——牠的腿纏在愛麗絲靴子鞋帶裡，靴子還立在她原本站立的地方。為什麼我的鞋子總是落在後頭？她還來不及讓簇仔掙脫，巨人的拳頭就已經狠狠砸下，力道大到足以擊碎地板。靴子跟簇仔一起被壓扁，小生物死去的時候，愛麗絲感覺身體竄過一陣劇痛。剩下的簇仔／女孩繞過巨人的手，重新組成了愛麗絲的身體。此刻，愛麗絲光著腳，站在破碎柱子前方，那裡雕像搆不到。

黛克西成功了。愛麗絲從巨人雙腿之間的縫隙，看到黛克西繞著房間另一側的柱子不停奔跑。愛麗絲抬頭仰望巨人，漾起最自負的笑容，展開了雙臂。

「來啊！」她吼道。她不知道他是否聽得懂，但無傷大雅。「你這個大醜八怪，我在這邊！」

雕像往前跨一步，或者說他試著往前。一條月光物質構成、近乎隱形的線從房間另一端的柱子拉過來，繞過巨人的腳踝（黛克西剛剛弄的）之後，又回到柱子那裡。一時片刻，愛麗絲擔心即使這樣還不夠，因為巨人這麼強壯，會把所有的柱子都扯掉，要不然黛克西的月光線也會提早斷掉。雖然黛克西向她拍胸脯保證，幾乎沒東西摧毀得了月光線，可是……

接著巨人往前傾身，右腳舉在半空，扯著那些細線，卻遲遲無法往前，身體於是失去了平衡。龐大的雕像開始倒下，起初動作緩慢，但後來以大山崩塌的恐怖力量襲來。

巨人往下摔，伸出雙臂想靠手掌擋住跌勢，愛麗絲頻頻倒退。衝擊的重量使得雕像的雙手穿過了地板，爆出的石片跟灰塵四處飛竄，愛麗絲縮身躲進截斷的柱子後方護住自己，接著向外傾身喊道：「就現在，艾薩克！」

艾薩克已經朝巨人跑去，雙手發出紅光，注滿火怪的力量。他到了巨人的腳邊，頓住片刻集中精神。雙手的火芒從紅轉黃，繼而變成猛烈的藍白色，亮到愛麗絲的眼睛泛淚。她在淚眼朦朧中看到艾薩克將雙手用力貼上巨人的鋼鐵腳踝，腳踝就像蠟在熱刀底下移了位，開始發出暗紅色的光。艾薩克拚命扯著，拉出大團大團的熔鋼，不斷往旁邊拋開。不出幾分鐘，已經把雕像的腳完全扯離腿部，然後趕到另一條腿那裡如法炮製。

快啊！金屬碰撞石地的尖響，還有碎片的鏗鏘跟嗡鳴，艾薩克絕對聽不到她的聲音，但她用念力要他加快動作。巨人正要把自己推起身，開始要把腿縮到身下。另一邊腳踝才破壞到一半，雕像就一把抽走了腿，留下艾薩克怔怔站在一圈冒煙的熔化金屬之間。巨人掙扎著要把殘餘的那隻腳縮到身下，正要起身換成蹲姿——

接著，受損的腳踝在雕像的重壓之下應聲折斷，傳來類似砲擊的金屬裂響。巨人往旁邊傾倒，雙手瘋狂揮舞，猛力撞上地面，跌落在斷柱之間。愛麗絲跑到巨人構不到的樓梯底部，召喚其他人過來。艾薩克的周圍依然閃著波波熱氣，黛克西伸出手臂攙扶跛了腳的索拉娜。

「我想他現在哪裡也去不了了。」愛麗絲說，拉高嗓門，壓過四周的噪音。巨人試圖再次起身，卻因雙腿報廢而無法如願。

「妳還好嗎？」艾薩克說。他甩甩雙手，熔化的金屬撒落在腳邊的地上，然後小心走到旁邊，讓火怪的力量漸漸退去。

「還好。」簇仔死去的痛苦逐漸從愛麗絲的胸口退散，但速度相當緩慢。「妳呢？索拉娜？」

「她被飛出來的岩石割傷了，」黛克西說，「需要纏個繃帶。」

「好。」愛麗絲看著巨人，他正盲目地扒抓地面，想要扶正自己。「我們走吧。」

愛麗絲帶頭穿過簾幕垂覆的門口，他們在那裡發現一條拋光石頭的長廊。他們陸續路過幾個連向其他長廊的門口，全都一片幽暗寂靜，最後愛麗絲聞到前方有植物生長的氣息，也聽見了汩汩的水聲。

她閃進下一個門口，發現裡頭是個花園。這房間不大，黑色玻璃牆面，擺滿了石砌花盆，盆裡種有灌木與花卉，中央的樹木高到樹冠擦過天花板。

房間角落裡有個小噴泉，蓄著淺淺的寬水池。黛克西扶著索拉娜坐在石盆側面的座位上，開始檢查她的腿。她倒光隨身壺裡的水，清洗那些挫傷，然後把水壺拋過房間傳給愛麗絲，愛麗絲從半空接住。

愛麗絲探出身子，召喚其他人過來。「進來這邊。」

「你想那個水能喝嗎？」愛麗絲對艾薩克說。

「誰曉得啊？」

「唔，如果我喝了變成青蛙，你們就知道要小心了。」她皺眉環顧房間。那裡只有一個門口。「說到小心，我們可別被困在這裡頭。」

「我會留意的。」艾薩克回頭走向門口，愛麗絲則走向噴泉。

她弓起雙手，掬起一口水，謹慎地小啜一下。嚐起來有淡淡的石頭跟灰塵味，可是似乎還算安全。她先等個幾分鐘，看看會不會因為魔法的效用而變身，既然什麼都沒發生，她就把水壺放進去，望著氣泡從壺裡咕嘟咕嘟溜出來。

熟悉、猙獰又濕答答的竊笑聲又在耳邊響起時，愛麗絲差點鬆手掉了水壺。她回頭一看，以為會發現巨大的黑狼聳立在眼前，卻不見任何東西。她回頭再看看水，卻在泛著漣漪的水面上看見兩個藍光閃動著，有如一雙冰藍色眼睛的映影。

「我向我姐妹承諾過會照顧妳，」折磨說，耳語似的咆哮，「可是我不得不說，妳害我很難信守諾言。」

「抱歉這麼難纏，」愛麗絲怒斥回去，「拚命想把人壓扁，算哪門子的照顧？」

「要是妳一開始乖乖接受我的邀約，或是趁早拋下這個迷宮離開，根本不會遇到危險。既然妳堅持踏上火線，就怪不了我。」狼發出咬牙忍耐的嘆息。「不過，雖然妳這樣不講道理，我還是決定跟妳打個商量。如果妳想要，可以當成是我的有條件退讓。」

「商量？」

「拜託，別這麼大聲，由妳決定。」

愛麗絲回頭看看，然後壓低嗓門，竊竊私語。「你想怎樣？」

「我必須在引起最少騷動的狀況下，把妳弄出這裡，要不然我姐妹會很生我的氣。

所以，我同意妳的條件，其他人可以自由離開，妳留下來，跟我小聊一番，我相信妳有些問題……要問我。」

問題？愛麗絲的心跳了一下。他真的知道點什麼！

「我這樣很寬宏大量吧，」折磨繼續說，「如何？」

「那雅各呢？」

「他非留在這裡不可。妳一定要明白，他現在沒容身之處了。可是我希望我已經展現了夠多能耐，讓你們知道我能保護他不受讀者們的傷害，他會很安全的。」

愛麗絲咬住嘴唇。「艾薩克不會喜歡的。」

「艾薩克別無選擇。我姐妹把她的力量送給了妳，至於其他幾個，我送他們到哪裡去，他們就得到哪裡去。」

把她的力量送給了我？愛麗絲一時困惑，接著恍然大悟，折磨指的是她扭動迷宮織布的新能力，他以為那是終結送我的力量。她頓住，陷入沉思。他一定不知道龍的事，我想終結不會跟任何人說的。

不過，那不是重點。我該怎麼辦？她偷偷摸摸望著其他人。黛克西正幫索拉娜的腿纏上繃帶，艾薩克半身探出門外守望著。他們當初會留下來，是因為我說要幫忙雅各，總不能因為折磨現在用她想要的答案來引誘她，就前功盡棄吧。他們都幫我到這個地步了，我欠他們人情。

可是，如果折磨說的是真話，也許這是我查明父親遭遇的唯一機會。

「我不……」愛麗絲猶豫了，「我想我沒辦法信任你。要是我讓你把其他人帶走，誰能阻止你傷害他們？什麼能阻止你對我說謊？」她搖搖頭。「況且，你對雅各做了很糟糕的事，他有權利得到機會，替自己做決定。」

「傻小妞，」折磨怒吼，「對妳展現慈悲心，妳卻不知好歹。」

「我才不怕你，」愛麗絲說，「到目前為止，你丟出來的東西，都被我們打敗了。」

「那是因為你們走運，也算是我的縱容。這是最後一次警告妳，要是妳現在拒絕我，妳朋友們到時候會死得很痛苦，而且妳永遠都不會知道真相，我的耐性磨光了。」

「好，」愛麗絲低語，「我的耐性也磨光了。」

她用水壺使勁將水面劃開，擊破了狼凝視的雙眼影像，然後轉身回到其他人身邊。

第二十三章 折磨的孩子們

「妳確定妳沒事？」愛麗絲對索拉娜說。

「我還好，」女孩說，伸出腿示範一下，「其實只是擦傷啦。」

「那就好，」愛麗絲搖搖頭，「妳剛剛表現得棒透了。」

索拉娜望著地板，但眼神藏著笑意。「只是幫忙拖點時間。」

「妳那麼勇敢，我也很佩服，索拉娜姐妹。」黛克西說。

「我不想潑大家冷水，」艾薩克說，「可是我們知道自己要往哪裡去嗎？」

他們再次順著長廊往前走，長廊轉了幾次彎，通往那座花園房間的門也離開了視線範圍。一路上，其他門口通往各式各樣的長廊或房間——像是鐵匠舖；一長排空空如也的馬廄；塞滿一排排陶罐的房間，罐口用蠟封住。學徒們很有默契地不去碰這些地方，持續往前挺進。

「我必須承認，我已經失去方向感了，」黛克西說，「這個主樓不像一般住所，比較像是迷宮。」

「我們還在迷宮裡沒錯，」愛麗絲陰鬱地說，「我感覺得到。」

「妳確定？」黛克西說，「最得寵者跟我說過，讀者一般不住在自己的迷宮裡，除非受到僕人的操控。」

「我知道傑瑞恩是不住迷宮的，」愛麗絲說，「可是我們絕對還在折磨的勢力範圍裡。」她在心眼裡將精神聚焦在那塊織布上。「這裡感覺起來幾乎……更新，彷彿迷宮擴散開來，覆蓋過這個地方。」

「那麼折磨可能會讓我們永遠在裡面繞個不停。」艾薩克說。

「有可能，」愛麗絲說，「但我想他不會。」她用新發現的感知能力往前伸出觸角，可以感覺迷陣怪輕巧地碰觸著這塊織布，引導他們的腳步。但她也感覺得到另一個人類的嗡嗡聲，除非這裡還有別人，否則那個人就是雅各。「感覺折磨正要把我們帶到他那裡。」

「聽到這種話更放不下心。」艾薩克嘀咕。

「開心點，艾薩克兄弟，」黛克西說，「不管我們的命運如何，我們的任務都快結束了，我相信兆象是吉利的。」

愛麗絲希望自己可以這麼有自信。折磨的威脅讓她一時火冒三丈，但怒火消退之後，她卻憂心忡忡起來。挑戰迷陣怪似乎太魯莽了，連老讀者都怕他們。她的新力量不管有多不尋常，似乎都不足以扳回劣勢。

別這樣，愛麗絲，她告訴自己，現在不是忐忑的時候。

他們繞過轉角，來到一個大門口，那裡掛著層層絲簾。她可以感覺後方傳來雅各存在的嗡嗡響。

「這就是了，」她跟其他人說，「如果折磨追殺我們，儘管出手，不用保留。」三個人都狠狠點頭，連索拉娜都是。愛麗絲的嘴唇不由得揚起笑容，但想到之後可能會發生什麼事，心還是不禁猛跳。她深吸一口氣，把絲簾撥向旁邊，然後穿了過去。

迎面是個輝煌燦爛的房間，遠端有個精工雕琢的寶座，雅各就癱靠在軟墊扶手上。他四周牆壁上的淺浮雕描繪著士兵的身影，浮雕前方則是一排排裝扮類似的雕像，彷彿一批石頭大軍從牆上列隊走出來，化為立體的真實人物。

愛麗絲久久看著那些石雕，免得石雕又活起來發動攻擊，但它們只是動也不動立正站定。她往前跨步，雅各抬起頭來，但動作恍如痙攣，感覺很不對勁，彷彿有傀儡師揪住他的頭髮，操控著他。

「別動。」雅各說，現在他的聲音完全不像他自己的。愛麗絲感覺有人透過他講話。「到目前為止，我一直手下留情，可是如果妳再靠近一步，我就不得不毀了妳，我是這塊領地的主人。」他的腦袋搖搖晃晃，「主人，我是。」

艾薩克站在愛麗絲身邊，握緊拳頭。「折磨把他怎麼了？他……」

愛麗絲一手搭在艾薩克的肩膀上。「我們是來這裡幫你的，雅各，」她說，「我們之前就說過，我們知道這不是你的錯。」

「不是我的錯，」雅各破了嗓子，雙手抱頭，「不是，不是我的錯。我從來就不想要這樣，從來不想要，我從來就不想當主人。我只是……我想要……」

他腦袋猛地往後一甩，放聲尖叫，拳頭一次次搥著寶座椅背。他刮傷手指，血滴飛濺在石地上。

「伊凡德！」艾薩克驟然離開愛麗絲身邊，拔腿奔向哥哥，她跟著往前跨了幾步。兩人抵達高台底部時，雅各突然踉蹌起身。一個巨大陰暗的形體從寶座後方的陰影裡現身，巨掌甩向那個憔悴的男孩。男孩撞向地面，翻滾一圈，並未起身。折磨輕腳走過去俯瞰他，然後抬起頭來，冰藍色的雙眼定定地瞅著愛麗絲。

「可悲，」黑狼用低沉洪亮的聲音說，「我原本希望他可以撐更久的，不聽命行事的工具，根本不夠格當工具。」

「別碰他！」艾薩克吼道，朝高台再走一步。看到折磨用巨掌踩住雅各的胸膛時，艾薩克便打住動作。

「如果他對你來說已經沒用了，就把他交給我們。」愛麗絲說。

「小妞，打商量的時間老早過了，」折磨說著便咆哮起來，「不過，妳說得當然沒錯，不管這樣或那樣，妳朋友們遲早都會沒命，不管是哪種死法。妳要知道，那就是這整場鬧劇的重點，宰掉你們這幫人當然沒什麼了不起，但總是個開始。讀者們，

這世界沒你們這種人會更好。」

「愛麗絲姐妹！」黛克西呼喚。

愛麗絲回頭一看，狼匹從雕像之間現身了，從陰影裡悄悄走出來，進入了火炬的光線中。長長的身形相當柔軟，整體來說比折磨還小，但比愛麗絲看過最大隻的狗還大兩倍。牠們蓬亂的毛皮有黑色、棕色或灰條紋，不過沒一隻是折磨那種類似黑檀木、會吸光的烏黑色澤。至少有一打狼團團圍住黛克西跟索拉娜，更多隻從雕像之間冒出來，逐漸逼近愛麗絲跟艾薩克。

「我的孩子們，」折磨說，「我的狼群，聽說終結有些後代跟牠們母親一樣聰明，但在我的例子裡恐怕不是這麼回事，不過牠們懂得我的意思就是了。」

一匹灰狼走到了愛麗絲面前，咧嘴露出了象牙白的利齒，發出低沉危險的怒吼。她冒險朝艾薩克一瞥，後者還是定定望著折磨跟雅各。

「但是那樣就足以讓牠們成為有用的工具了。」折磨繼續說，用腳掌戳戳雅各癱軟的身體，「不像這一個。沒用的工具故障了，而故障的工具就該被清除。」大黑狼用冰藍的雙眼盯著愛麗絲。「這點妳最好記牢了，小妞。」

接著，折磨突然用驚人暴力的速度，張嘴往下猛咬。

艾薩克放聲尖叫，一連串混亂的叫聲流露著暴怒跟痛苦。冷風從他噴射出來，一根尖銳如匕首的冰柱長矛，從他的雙手之間出現。他的手往前猛伸，武器跟著動作射出，彷彿從大砲擊發出來。冰矛埋進折磨的毛皮，深深插進大狼的肩膀後方，可是跟巨大的狼身相比，那根冰矛簡直像根玩具。折磨的吻部被人血染紅，冒著熱氣，他短促地瞥了艾薩克一眼，然後朝愛麗絲稍點一下頭。

「這個留給我，」他說，音量大到充塞整個房間，「其他的都殺了。」

狼群立刻撲襲而來，但愛麗絲早已有所準備。她用史百克的線繞住自己，第一隻野獸上前的時候，她就用當初對付蟻怪的那招，揪住狼的前掌，然後像在公園裡玩「甩鞭遊戲」[4]一樣旋轉甩動。她腳跟一轉，放開手，史百克的力氣加上那匹狼本身的動能，

4. Crack the whip 是小朋友的戶外遊戲，地點通常在草地或冰上，一小群人手牽手，隨著帶頭的人亂跑。越尾端越容易被甩開。如果前面有人被甩掉跌倒，後面的人就可以趕緊往前遞補，繼續跑下去。

讓那個生物頭下腳上翻滾幾圈，最後撞上排在房間另一端的士兵雕像。

另一匹狼路過她身邊，撲向了艾薩克，她揪住牠的尾巴狠狠一扯，把牠拉倒，狼整個癱在地板上。她跳過狼的上方，路過的時候，一腳重重踩過牠的腦袋，然後去找艾薩克。艾薩克跟寶座之間有三匹狼，還有另一匹正要從背後逼近，但艾薩克的目光只放在折磨跟雅各身上。

「艾薩克！」愛麗絲喊道。但他沒回頭。他背後的狼越走越近，愛麗絲抓住牠的一條後腿，扯得牠滑過了大理石地磚。

他前方的三匹狼準備要撲襲，愛麗絲將史百克的線拉得更用力，將他拉進了現實世界，恐龍在艾薩克跟狼群之間啵地現身。牠們一躍而起時，恐龍就挺身介入了，頭角戳中一匹狼的腹部。那匹狼摔倒在地，痛苦抽噎，但另外兩匹落在史百克身上，嘴顎啪嚓猛咬。

愛麗絲到了艾薩克身旁，揪住他的衣領。她還感覺得到他用心念揪住小冰線的一股冷冽感，但他目前似乎沒用小冰做任何事情。她將他扯過來面對自己，發現他瞪大雙眼，眼神失焦。

「艾薩克！」狼群在他們四周啪嚓咬著嘴，低聲怒吼。「艾薩克！」

由於叫他也沒回應，她卯盡全力搖晃他。他眨眨眼，眼神聚焦在她身上，但雙眼馬上湧出淚水。

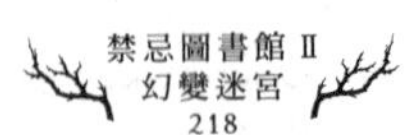

「他……他……」艾薩克說。

「我知道，」愛麗絲說，「如果你不行動，你也會死。」

「我——」艾薩克開口，但愛麗絲已經放開他，轉身投入戰鬥。索拉娜跟黛克西站立的地方，有一群憤怒的狼擠成一團，起初愛麗絲以為兩個女孩被壓制在狼的腳下，接著她看到她們穿過了野獸，索拉娜的手抓緊黛克西的手，因為使力而臉色緊繃。她們脫離狼的包圍之後，索拉娜腳步蹣跚喘著氣，黛克西連忙轉身，手裡出現了銀劍。她劈砍正面撲來的第一匹狼，其他的狼頓住腳步，在狼屍的後方遊蕩。

愛麗絲不打算讓狼有機會重燃勇氣。史百克依然在艾薩克身邊作戰，但她從自己身上解開簇群線，儘可能召喚大量的簇仔出來。小小黑毛球在她四周啵啵冒了出來，像長了絨毛的雹塊紛紛滾落在地，彈了幾下之後，站正身體，組成了帶有銳利嘴喙的不定形團塊，簇仔在她的命令之下，從後方流向整群狼，把嘴喙當迷你長矛，紛紛進攻狼的腿跟腳踝。狼哀號尖叫，簇仔的舌頭閃出來舔掉狼傷上的鮮血。

她聽到背後傳來煤氣燈點燃的呼呼聲，突然感到一股熱氣撲來。她轉身就看到艾薩克跟狼之間有團活躍的火焰，隱約像個人形。火怪伸手撫過一隻野獸的身側，狼身彷彿浸過汽油似的，爆出了烈火。

但是越來越多狼現身了，牠們默默從雕像之間的夾道走出來。愛麗絲派史百克去攻擊探出頭來的那匹狼，逼使牠趕緊躲回了石兵之間。

「艾薩克！」愛麗絲喊道，「撤退！我們要圍成一圈。」

艾薩克敞開雙臂，冰塊紛紛落在一群狼身上，火怪則把另一群狼趕回去，但他回頭匆匆點了一下頭。他開始退後，愛麗絲要史百克攻擊介於她跟黛克西的那些狼，短暫地在獸群之間闢出一條臨時路徑。索拉娜跟黛克西背對背，雙手裡握著黛克西那種月亮物質製成的長矛，黛克西本人則是完全變了身。愛麗絲猜她變成了卡里亞堤——她看起來就像尊雕像，有著暗色花崗岩皮膚，一身銀色盔甲搭配她的雙劍，雙眼發出火光。狼繼續繞著她的雙劍打轉，但只要牠們靠得夠近，她就揮劍劈砍，已經在好幾匹狼身上劃出了醜陋的大傷口。

「我從妳後面過來了，黛克西！」愛麗絲說，不希望因為悄悄走到女孩身邊，而迎面吃她一劍。愛麗絲跟著恐龍走，同時派遣簇群把狼匹推得夠遠，好讓艾薩克追上來。

四個學徒同在一處、彼此照應，讓狼匹無法突襲。牠們不停嘗試攻擊，但一個接一個被史百克拋進空中、被火怪灼傷或被黛克西的閃亮刀刃劃傷。連索拉娜都拿著尖銳的月光長矛，頻頻使勁刺擊，逐步將狼逼退。幾分鐘過後，狼匹大多斷氣倒地或流血不止，牠們往後退開，圍在四周頻頻打轉，但遲遲不敢上前。愛麗絲再次派簇群攻擊牠們，當一部分的狼不敢迎戰細針似的嘴喙，潰散逃離，她心中湧現強烈的喜悅。她咧嘴露齒，轉身面對高台。

「怎樣？」她問黑狼，「你最多只能這樣？」

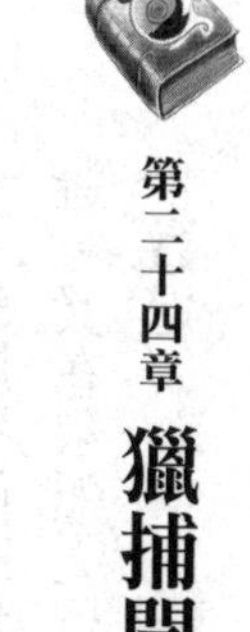

第二十四章 獵捕開場

折磨的吻部周圍沾滿了雅各的鮮血，他伸出巨大紅舌，將血跡舔去，然後輕腳走向前，步伐流暢地從高台下到地面。肌肉在毛皮覆蓋的身側滑動起伏，好似黑暗的液體。

「不，」他怒吼，「並不是。」

他漫步走來，一路越過倒地的狼屍，大眼不曾稍離獵物。

愛麗絲用手肘推推艾薩克，對著折磨點頭。「一起？」

「一起。」艾薩克咬緊牙關，表示同意。

火怪連忙轉身，從右側朝折磨而來，史百克則從左方撲襲，短腿劇烈擺動。兩者幾乎同時抵達。折磨理也不理史百克，小恐龍以全速撞上折磨，四根頭角深深插進黑狼的身側。片刻之後，火怪往下探來，碰觸折磨的肩膀，躍動的火焰順著狼背蔓延。

他冰藍色的雙眼框在深紅跟橙色的火焰裡，依然緊盯愛麗絲不放。

他的嘴唇緩緩張開，發出潮濕猙獰的竊笑。

他說：「你們最多只能這樣？」

折磨的前掌一揮，掃過火怪的腿，將火怪一把掠倒。迷陣怪碰到那個火生物，身上的皮毛燃起更多火焰，但似乎毫不在意。他張大嘴顎，比任何狼都大，最後看起來就像準備吞掉雞蛋的蛇。嘴顎狠狠咬住一抹橢圓形火焰，那裡就是火怪的腦袋，發出了響亮的啪嚓聲。所有的火轉眼滅去，好似掐熄的燭火，折磨燒焦的皮毛上升起一絲絲味道辛辣的黑煙。

史百克的頭角埋在迷陣怪的表皮上，正掙扎著要找回身體的平衡。恐龍還來不及掙脫，折磨就狂亂一甩身子，好似剛爬出池塘的小狗，恐龍突然飛越半空，頭下腳上撞上一座雕像。眨眼間，黑狼嬉戲似地撲上恐龍，猛擊史百克坦露的肚皮。恐龍雖然全身都是厚厚的甲冑，但腹部對折磨的腳掌來說恍如奶油，一穿就過。愛麗絲的生物死去時，她痛苦得彎下腰來，彷彿有人用刀刺中她的腹部。她淚眼模糊地看到艾薩克踉蹌靠在雕像上，同樣受到了影響。

「愛麗絲姐妹！艾薩克兄弟！」黛克西連忙轉身，背對狼匹，朝折磨撲來。愛麗絲想要喊叫出聲，但肺部痙攣，一時只能發出抽噎。折磨同情地瞟了黛克西一眼，但片刻之後，黛克西將一把劍刺進他的鼻子，他痛得眼睛一斜。大狼發出惱怒的悶哼，但直到另一把銀劍在他的前掌上劃了道口子，淌出濃稠黑血時，他才往後退了一步。

折磨怒吼，低沉渾厚的聲音好似卡車引擎。他對著黛克西啪擦猛咬，後者靈活閃避，又在狼頰上留下另一個口子。但折磨不管自己的傷勢，頻頻進逼，黛克西被迫步步撤退。

愛麗絲終於吸到足夠的氣，大聲喊出警告：「黛克西！注意背後！」

警告慢了半拍。一匹亂毛的棕狼從雕像後方悄悄現身，就站在黛克西的路線上。她朝著狼後退時，狼往前撲襲，嘴顎一把扣住她的腳踝。卡里亞堤的甲冑護住她的皮膚，不受狼齒傷害，但狼扯著她的腿，她還是失去了平衡。她拚命想穩住站姿，但折磨用一掌朝她揮去，讓她往後飛開。她摔落在地，撞出喀啦聲，甲冑鏗噹作響，銀劍在石地上蹦跳滑離。

折磨又伸出舌頭，舔了舔鼻上的傷口。他瞇起眼睛，輕腳走向倒地的黛克西。

我必須阻止他，愛麗絲喘著粗氣，掙扎起身，我必須……

快跑，龍的聲音在她的頭顱裡迴盪。

不行！他們是我——我的朋友，我不會丟下他們的！

妳誤會我的意思了。我要妳引起折磨的注意力，然後快跑，他會跟上來的。

愛麗絲眨眨眼，萬一他沒跟上來呢？

他會的，雖然他是我兄弟，但有一部分是狼，追捕逃走的獵物，是他的本性。

對。愛麗絲想了一下，不確定該怎麼引起迷陣怪的注意。她瞥見索拉娜，後者原本躲在雕像之間，現在正悄悄地往外爬向折磨。索拉娜手上只有那把矛，但顯然打算攻擊巨狼，即使那簡直是自殺式行為，她比自己想的還要勇敢。

「索拉娜！」愛麗絲低嘶。女孩轉過頭去，愛麗絲舉起手。「把矛丟給我！」

索拉娜配合了，愛麗絲從空中一把抓住月亮質料製成的長矛，幾乎沒重量，尖端細如針。愛麗絲用史百克的超自然力量裹住自己，抬起武器，凌空射向折磨的身側。長矛閃過空中，就像一道固體月光，然後埋進迷陣怪的烏黑毛皮，足足有一呎深。

折磨在那一擊之下踉蹌起來，腦袋猛地一轉。愛麗絲等了片刻，確定完全抓住了他的注意力，然後對上他的視線，吐舌頭扮鬼臉，然後拔腿狂奔。

她沿著雕像之間的窄道衝刺，縮頭躲進石戰士往外伸展的手臂跟出鞘的武器下方。狼匹試著從側面進攻，但愛麗絲的速度比牠們快，一路躲過了啪嚓啃咬的嘴顎。有隻野獸從正前方出現，愛麗絲壓低肩膀，用極佳的橄欖球擒抱姿勢，一把猛力撞上去。她有史百克的力量撐腰，那匹狼被撞飛起來。

她冒險回頭一看，看見折磨追了上來，折磨一路用肩膀將雕像撞開，或是用嘴顎咬斷。愛麗絲用簇群線裹在身上，保護自己皮膚免受飛竄的碎石擊傷，縮身奔過了最後一排雕像，穿過了門口。

外面的廊道冷清清的，但很快就有三匹狼追了上來，她可以聽到更多毛腳在她背後悄悄走進。**很好，有越多狼跟著我來，其他人要應付的就越少。**只要折磨本人一路追來，艾薩克可能就能應付得了剩下的狼匹。**還有黛克西，如果她……如果她沒事的話。**愛麗絲迫切希望卡里亞堤的盔甲可以提供足夠的防護，削弱折磨利爪的力道。

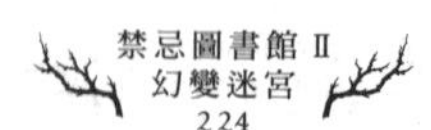

兩側都有門口，愛麗絲在第一個門口轉彎，聽到狼匹腳爪扒抓滑溜的石頭，順著另一條廊道奔去。她才回頭就瞥見一邊的門口閃過動靜。

是一匹狼，正騰空越起。愛麗絲試著往旁邊躲閃，但動作過快，反倒讓野獸的嘴顎扣住了她的手臂。狼牙在她的袖子上扯出一個參差大洞，但簇群強化過的肌膚對狼牙來說過於堅韌。即使如此，那個生物的動能還是把她一起扯拖到地上，女孩跟狼滾成一團，毛皮跟狂揮的手腳纏在一起。

最後愛麗絲在下方，仰臥在地。狼放開她的手臂，張大嘴顎，朝她的臉進攻。愛麗絲可以聞到狼嘴裡的熱燙臭氣，就像酸腐的肉品。她伸手從狼吻部下方，用力將嘴顎往上推開，然後雙腿收攏在自己身下，光腳抵住狼的肚皮，柔軟的毛皮卡在她的腳趾間，然後用盡史百克的力氣一推。狼朝空中飛射，力道大到撞到天花板彈回來，摔在地上哀鳴抽噎。

愛麗絲趕緊站起來，拔腿就跑。又轉一個彎，就是一條長廊，那裡有半打狼擋住了去路。愛麗絲回頭沿著來時路跑，順著另一條廊道疾奔，到了下一個門口，及時看到兩匹狼從容走進她背後的廊道。牠們已經不再奔跑，只是輕腳跟在她後面，張開嘴顎、垂著舌頭，彷彿在嘲諷她之前吐舌頭的反抗表情。

牠們在耍我。她察覺到這點，心中湧現深沉悶燒的怒火。折磨在耍我，**他害我兜著圈圈跑。**她急著逃離，都忘了主樓的內部也是迷宮的一部分。**他要我跑個不停，直**

到耗盡體力。對於兄弟的動物本能，龍說得沒錯。

好，愛麗絲試著讓心情平穩下來，**既然引起他的注意了，我必須維持下去，現在要怎麼辦？**

不是只有他能用迷宮來耍把戲……

「真抱歉。」愛麗絲用嘴角小聲嘀咕。

簇仔的嘴喙朝下一點，用圓圓的小黑眼瞅著她，幾乎能夠體諒似的。愛麗絲把牠小心抬起來，測試一下重量，然後傾身探出轉角。有三匹狼正背對著她等在那裡。牠們以為她會從另一個方向過來，可是輕扭一下迷宮，眨眼就讓她到了牠們背後。

她赤著腳，靜靜往前一跨，舉起簇仔，**真希望以前有多注意男生在街上是怎樣玩棒球的。**

不過，她目前擁有的臂力，加上「球」本身的主動協助，遠遠補足了她在技巧上的不足。她快速地以弧線往上拋出簇仔，簇仔的嘴喙正對著狼。那個小生物在半空中扭轉，以便維持正確的姿態，然後對著一隻野獸的後半身猛攻，力到大到嘴喙扎進了狼臀幾吋深。狼痛得狺狺叫，狂亂地扭著身子想咬簇仔。愛麗絲讓那個小東西消失，然後縮身躲回轉角，另外兩匹狼連忙轉身追來。

牠們繞過門口，爪子在石頭上刮出尖響，眼前就是一排排像迷你士兵的簇群。那

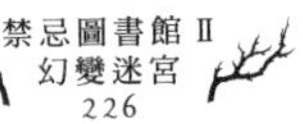

些小生物進攻的時候，長了爪的雙腳踩在石頭上噠噠作響，嘴喙不停劈砍戳刺。一時之間，狼匹回擊，其中一隻甚至咬住簇仔，但牙齒根本咬不下那個橡皮似的小東西。簇仔戳刺狼舌，狼痛得唉唉叫，連忙追在同伴後面逃，同伴已經趕緊撤退了。

愛麗絲派簇群追了上去，隔著幾步跟在後頭。兩隻逃逸的狼往第三隻衝撞，第三隻狼原本正在原地轉圈、尋找消失的簇仔。簇群的小小黑身體像水波一樣淹了過來，三匹狼沿著長廊潰逃。愛麗絲的心思有一半在迷宮織布上，感應到折磨暴跳如雷的反應。更多狼從前方的側面走廊暴衝出來，也有狼從她背後的門口湧現。三隻逃跑的狼跟其他的狼團聚了，於是轉身發動攻擊。簇仔們朝著四面八方蹦蹦跳跳，東閃西躲狼的嘴顎，就像一群亢奮過度的小狗被放進丟滿網球的房間。

愛麗絲讓簇群消失。前方有個門口，她朝織布伸出觸角，在這裡跟那裡之間扭出一條路徑，帶她回到了熟悉的地域。她衝過去之後發現自己回到了花園房間，那裡有矮叢、流動的噴泉，還有中央的巨——

——樹。愛麗絲咧嘴笑了。她放開史百克的線，那條線在她鬆開時顫抖著回歸原位，然後用樹精的線團團繞住自己，最後她開始變身。

透過樹精的綠眼望去，四周死氣沉沉的石頭一片模糊，灰撲撲，看不出細節。可是當她望著樹叢時，卻看得無比分明，以美麗的色彩突顯出來，不只是葉子，還有表面底下上百種微妙的動靜——她甚至可以看到水分以毛細管似的動作，往上流過枝椏，也可以看到養分從土壤裡緩緩瀝濾出來，送向正在成長的芽苞，還有驅動植物生命的其他過程。她背後的狼是一團暗紅色的動物形體，醜陋難辨。

可是她前方的樹是這當中最驚人的了。它以愛麗絲從未真正領會過的方式活著，不是單一的有機體，而是從一顆種籽衍生出來的整個聚落，從土壤裡最細瘦的根鬚，延伸到掛在枝椏上的葉片。愛麗絲連忙上前把綠皮膚的手貼在樹上，可以感覺到它的生命能量緩慢溫柔的搏動。她感覺它承受的壓力，在這種不自然的環境下成長——周圍淨是石頭，單靠魔法滋潤跟餵養。

她感覺它扭曲戰慄，急著回應她的命令，來重塑自己的形狀。一根枝椏往下朝她彎曲，輕鬆得彷彿是她自己的手臂，她用雙手抓住枝椏，讓它將她往上抬進天篷裡。狼匹正湧入房裡，包圍石盆、擋住門口。狼群裡較大膽的成員嗅著樹木附近的空氣，仰頭盯著愛麗絲縮小的綠色形體。

只有一個辦法可以離開這裡，愛麗絲暗想。她嘴唇上揚。**牠們以為困住我了**。這樣更好，**牠們在這裡，就不會去煩其他人**。

她碰觸樹木的地方，樹皮往外起了漣漪，像水一樣流過她全身，然後堅硬成密實粗糙的盔甲。她的手指變成爪子，就像開岔的枝椏。她雙腳倚靠枝椏的地方，盔甲就跟樹皮融合在一起，彷彿愛麗絲自己就是枝椏。

第一匹狼用爪子扒抓樹皮。愛麗絲將樹木最粗的枝椏往後拉，直到繃得跟弓一樣緊，然後放開來。粗枝以大鎚的力道往下襲來，樹葉刮過地面，窸窣作響，正中狼的腰際，把野獸甩向牆壁。另一根枝椏擊中距離第二近的狼，打得牠翻滾在地，撞向幾個同伴。

狼集體發動攻擊，口吐唾沫的吻部跟頻頻劈砍的利爪就像一波波海浪襲來。牠們朝樹木衝來，在枝椏掃過的時候咬住，身子猛撞樹幹，想靠爪子將自己拉上樹木，前往愛麗絲蹲踞的高處。但樹木的所有枝椏都行動起來，就像覆滿樹葉的巨大章魚，把那些生物往後擊退，或是纏住牠們，然後將牠們甩到一旁。她這個木頭夥伴大肆破壞的當兒，狼爪頂多只能刮傷它的表皮。

不久，受傷的狼匹便悄悄退出了這場混戰，從石盆上跳下來，離開枝椏的攻擊範圍，但愛麗絲可不打算讓牠們輕易離開。樹木底部的土壤起了泡沫，冒出幾百個小小白色根鬚，像無眼的蟲子一樣往外蛇行。那些狼啪嚓啃咬著那些根鬚，咬斷幾根之後，卻發現有幾十根纏住了牠們的腿跟腳掌。根鬚一抓牢，就開始變粗，成為比較強壯的根，快速成長，氣急敗壞的動物根本來不及咬穿。

感覺才過幾分鐘，但這場戰役已經結束。幾匹狼穿過敞開的門口撤退了，但其他狼求助無援，枝椏將牠們四處亂拋，然後樹根結成一張厚網，像有生命的地毯一樣，蓋過了每吋石地板，制住了倒地的狼。愛麗絲騎著一根枝椏，繞了樹木一整圈，臉上掛著滿足的笑容。

一抹陰影擋住了門口，遮去外頭走廊的燈籠照明。

「妳讓我厭煩透了。」折磨說。

他小心擠進房裡，門口的大小恰好足以讓他穿過。被他踩到的根，在他的重壓下嘎吱裂開。

「我開始在想，」他繼續說，「我親愛的姐妹擺了我一道，也許她派妳過來就是為了讓一切都出亂子？或者她只是低估了妳的能耐。」他又往前跨出長長一步。「不管是哪種，要是能把妳的喉嚨扯斷，我會非常開心。」

樹根朝他撲來，幾百條根鬚纏住他的四掌。她讓它們快速成長變粗，長成粗如手指的堅韌藤蔓。折磨低頭望去，然後再抬頭看著愛麗絲。

「妳覺得這樣會有什麼效果？妳以為單靠一棵植物就可以阻擋我？」折磨舉起前掌。樹根掙扎著要將他困在原地，但黑狼力大無比，負責制住他的根鬚齊聲發出喀啦啵響，紛紛斷裂碎去。

「我可是迷陣怪，」折磨說著，另一掌又掙脫成功，「妳到底知不知道那是什麼意思，小妞？我們是這世界真正的主人，創造一切的君主，要不是你們人類跟你們的書——」

他完全掙脫開來，往前撲來，才跳一步就到了樹前。枝椏從四面八方朝折磨重重襲來，樹葉早已鋼硬起來，邊緣如剃刀般銳利，但折磨不理會那些擊打與葉刃。他左右轉動腦袋，嘴張得越來越大，最後大到足以咬住整個樹幹。接著，以難以置信的力氣，迫使嘴顎闔起來。木頭爆出啵響，呻吟，碎裂，枝椏絕望地揮甩這匹黑狼的吻部。他扭動腦袋，整個樹頂就斷裂開來，樹葉瘋狂地晃動。他輕蔑地一扭嘴顎，將樹頂使勁拋向旁邊。

愛麗絲被甩離樹木，落在了樹根織成的毯子上。折磨輕腳走到了石盆邊緣，用冰藍色雙眼垂視著她。

「妳玩夠了沒有？」他疲憊地說，「準備躺下來受死了吧？」

愛麗絲想到還在寶座室的其他人，希望他們現在已經順利逃離。她只要多抓住折磨的注意力一分鐘，他就多一分鐘無法害他們在迷宮裡團團轉。雖然成功的機會不大，但她頂多也只能做到這樣。

永遠別放棄，永遠不要。

樹精的嘴唇其實不是設計來說人話的，但愛麗絲還是勉強說了話。

「永遠不要。」她說。

折磨發出怒吼，撲向她的喉嚨。

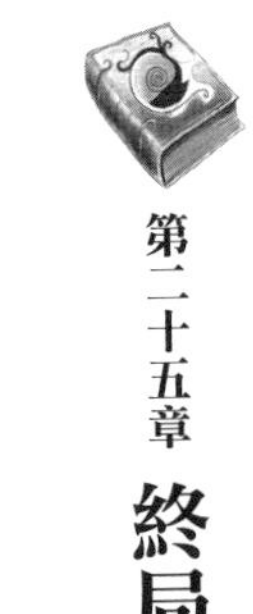

第二十五章 終局

愛麗絲從來不曾用這麼快的速度操作那些線：她放開樹精，轉而拉扯簇群。如此之快，她從一個生物的形態直接化為下一個生物，期間並未先恢復人形。她的樹皮盔甲鼓脹起來，接著像爆米花粒一樣裂開，迸出一大群迷你黑簇仔。小生物在毀壞樹木的落枝之間竄逃，躍過細枝，縮身鑽過小空隙。折磨壓在樹精的殘體上，用厚實的狼掌將它壓成一地碎片。折磨的嘴顎啪嚓咬向落在後頭的簇仔，但動作不夠快，並沒逮到牠。

折磨花了點時間才將枝椏掃到旁邊去，簇群在門口附近回流，重新組成愛麗絲熟悉的身體。這一次她沒花力氣嘲弄迷陣怪，只是轉身拔腿就逃。她奔出門口、進入長廊，準備迷失在走道組成的迷宮裡——

她感覺迷宮織布在腳下猛地一晃。她踉踉蹌蹌穿過門口，原本預期的長廊不見蹤影，卻一腳踩進了方方正正的大房間，這裡的模樣像是某種儲藏空間。東西堆靠在牆上：鍍金框的巨型鏡子、一堆冬季外套、傾倒一側的扶手椅，另外還有好幾個大木箱跟鐵櫃，要不是堆得老高，不然就是倒在地上空空敞開。這裡甚至有一套放在木架上

的中世紀盔甲，看起來屬於歐洲的城堡。房間裡的一切都蒙著塵埃，彷彿已經閒置很久。

折磨從背後穿過門口進來以前，愛麗絲只夠時間往周遭瞥一眼。他滑著停下腳步時，一大蓬塵雲在腳邊湧起。他喘著粗氣，深紅色的舌頭垂在牙齒上。嘴顎滴下口水跟濃稠的黑血。

「**夠了**。」他咆哮，大聲到連那幾堆廢物都跟著哆嗦顫動，「別在門口之間竄來竄去，也不要再玩捉迷藏，別再耍花招了。」

他大步向前走來。愛麗絲趕緊溜往一旁，希望找到空間可以衝過他身邊，繼續奔逃，但是當她看到對面牆壁時，胸口一緊。原本的門口已經不見了。她被困在沒有出口的房間，跟一匹大黑狼單獨在一起。她朝迷宮織布伸出觸角，但折磨的抓力團團包圍住她，使勁往下壓，她的力量根本不足以抵抗。

「這是**我的**地盤，」折磨說，「我的聖所，我的私人收藏。」他在陣陣湧動的塵埃之間環顧四周。「我想我該更常清理的，可是這裡有個好處，不管發生什麼事，我們都**不會受到干擾**。」他的舌頭閃過牙齒。「我想細細品味這一刻。」

愛麗絲往後退，在廢物之間絕望地東張西望。**這裡一定有什麼，有什麼我能用的東西**——可是她覺得折磨不會蠢到帶她到有任何武器的地方。快想、快想、快想——

巨狼撲了過來，其他思緒全都被擠出了腦海。愛麗絲衝向另一邊，閃躲他啪嚓咬來的嘴顎，最後仰躺倒在灰塵裡。她還來不及站起身，他就一腳踩上她的胸膛，將她壓制在地。他只放了一點重量在腳上，但壓力已經足以讓她痛得哀號出聲。

折磨的吻部進入視線範圍，上頭是他冰冷的藍眼。

「妳讓我疲於奔命啊，小妞，」迷陣怪說，「也許這樣說能給妳一點安慰。」

快想、快想、快想！永遠別放棄，永遠不要！可是她不剩任何東西了。折磨已經展示過，可以如何輕易就解決掉史百克，這裡也沒樹可以用來攻擊他。她可以分化成簇群，試圖在遍地的棄物之間躲藏，但那只是延後在劫難逃的命運。在她還來不及要簇仔找到掩護以前，他就可能用嘴顎咬住其中一些。她有惡魔魚，可是無論是發出綠光或喘氣撲騰的海中生物，對現況都沒有任何好處。**那麼就只剩下——**

她用心念抓力揪緊那條黑線，就是她從來都動不了的那條線，龍。

一如往常，她拉扯的時候，龍線毫無反應。這一次，她卯盡全力，加緊心念抓力，更使勁地拉，然後再更用力，她在怪異的魔法世界裡從來不曾如此賣力過，接著再使出更大的力量。

如果她是用真正的雙手拉的，那樣緊繃到發出嗡嗚的線，老早就劃破雙手皮膚，或是削到雙手皮綻骨露。可是她是用自我，用盡她一切能量跟精神去拉的，而感覺起來甚至比肉體創傷還難受多倍。她覺得那條線好像進入了她的胸膛，捆住她的胸骨，然後另一端綁著大石似的。每一扯就傳來陣陣劇痛，從手指一路竄到腳趾，彷彿有電流在她全身上下奔竄。感覺她好像快把自己撕成碎碎片片，將自己從裡翻到外，不管是什麼在出力拉扯，都會像把一顆爛牙扯離齒槽，把她從這個脆弱的肉身監獄裡扯離。

住手。龍的聲音順著那條線迴盪過來，**妳一定要住手。**

我沒辦法。

妳會死的。

如果這個方法沒用，反正也是死路一條。

妳不懂。

我沒時間弄懂。在現實世界裡，她的臉感覺得到折磨的吐息，但似乎相當遙遠。她的身體正逐漸遠離，成為一抹麻木遙遠的影子，**我只剩下這個辦法。**

我——龍的語氣裡帶點什麼，是她從未聽過的感情，**愛麗絲——**

我不會放棄的。愛麗絲集中力氣做最後一次拉扯，**就是不會。**

她感覺有東西一垮，所有的空氣一股腦兒衝出她的肺部，黑暗往下朝她壓來。

其實她並未失去意識，感覺就像她把自我扯離了軀體，現在正獨自在無盡的黑色虛空裡飄蕩。

我死了嗎？她不知道，**她不確定死會是什麼感覺。**

接著她聽見什麼。起初只是遙遠的嗡鳴，就像蒼蠅輕撞窗戶，接著越來越強，最後化成了言語。

「——是你。」是折磨的聲音。

「是我。」是龍。但不是在她頭顱裡的回音，而是真正的聲音，在現實世界裡。

「不可能的啊，」折磨說，「你不可能出現在這裡。」

「沒辦法。」龍說。

「你發誓過，不會跟我們作對。」

「我知道，」龍語氣無奈地說，「沒辦法。」

「你竟然在幫她？」折磨似乎接近歇斯底里。「你堅守了兩千年的誓約，現在竟然要為這小妞一把拋開？」

「對，」龍隆隆說道，「你不會懂的。」

「可是她是我們姐妹的玩物！你被監禁了好幾百年，難道改變了信念？」

「我什麼也沒改變。」

「那你應該殺了她，一了百了，」折磨咆哮，「她對你會有什麼好處？」

「我說過，」龍重複，「你不會懂的。」

愛麗絲漸漸恢復知覺，意識到自己仍然有個身體。每條肌肉都在痛，呼吸相當急促，像喘息似的。心臟狂跳，她以為就要爆開。但之前那種明亮銀白的痛感，那條線就要將她撕裂的感覺，已經消失了。

她睜開雙眼，眼前模糊的影像逐漸清晰起來。

「愛麗絲，」龍說，「聽得到嗎？」

愛麗絲發現自己依然仰躺著，但折磨腳掌的重壓已經不見了。她逼自己深深呼吸，嘗到了古老的積塵氣味。

「聽得到，」她說，嗓子乾啞，「發生什麼事了。」

「妳呼喚我，」龍說，「我來了。」

愛麗絲坐起身。這個動作頓時讓她天旋地轉，以為就要昏厥過去。她閉著眼睛，專注地深呼吸，一點點穩定下來。等她再次睜開眼，視線一清二楚，不得不強忍倒抽一口氣的衝動。

儘管折磨的身形巨大，在龍身邊卻顯得很小。那個龐大的六腿生物幾乎佔滿了整個房間，身上佈滿大小有如餐盤的平扁白色鱗片，龍身蜷起，一面牆似地將愛麗絲守護在其中。折磨四肢攤開，仰躺在她原本倒臥的地方，一隻龍腳踩在他的肚皮上，爪子抵住他的喉嚨。菱形的龍頭幾乎比折磨整個身子還大，脅迫似地懸在黑狼上方。一排三個半球形、昆蟲般的眼睛瞅著愛麗絲，龍尾尖端在她身旁的石板地上輕輕抽動。

「你叫我住手，」愛麗絲說，「我還以為……」

「這晚點再談，」龍說，「首先，我相信妳有事要問我兄弟。」

愛麗絲顫巍巍地爬起身，雙腿搖搖晃晃，隨時都要癱軟下來。她往旁邊一踉蹌，碰到堅實溫暖的東西，撐住了她的重量，低頭才看到龍用尾巴末端扶住了她。

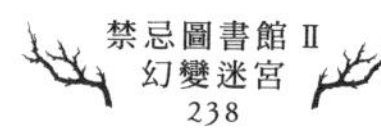

「我懂了，」折磨說，「現在我懂了，原來他一直在幫妳。我不知道為什麼，也不曉得妳是怎樣束縛他的，可是難怪終結會認為妳派得上用場——」

「夠了，」龍說，「愛麗絲，問吧。」

愛麗絲往前一站，滿意自己這次站得穩穩的，然後走向折磨。黑狼仰頭看她，藍眼睛裡滿是恨意跟挫折。

「我父親發生了什麼事了？」

「什麼？」折磨忍痛發出輕笑，「我怎麼會知——」

「你不能說謊，」龍隆隆說道，「不能對我說謊，我認識你太久了。」

「伊掃派維斯庇甸到我家去，向我父親提出了某種交易，」愛麗絲說，「他想要什麼？」

「當然是想要妳啊。」折磨說。

「為什麼？」愛麗絲問。

「伊掃有個手下嗅到了妳的蹤跡——擁有法力的人才，還沒受任何主人的束縛，可是有人在保護你，所以他就派那個蠢妖精去跟妳父親協商一下。」

愛麗絲緩緩點頭。這個說法符合她到目前為止所知的——傑瑞恩從她出生以來，就保護著她跟她父親，免得引起其他讀者的注意，可是——

「然後怎樣？我父親把我丟下，自己搭船去南美洲，結果船消失了，出了什麼事？」

「我怎麼會曉得？」

龍發出隆隆聲，低沉又帶脅迫意味，龍爪稍微往黑狼的喉頭壓得更深。

「你一定監視過伊掃的行動，」龍說，「你們都會監視自己的主人。你看到那天晚上出了什麼事，給她看。」龍的尾巴繞過來，指指外框俗麗的巨型鏡子。「這是窺看鏡吧？」

「是什麼？」愛麗絲說，好奇地瞅著鏡子。

「這個工具可以透過隱形精靈的眼睛，觀看遙遠的地方。只要是精靈替主人看過的景象，都可以重新召喚出來。」龍對著折磨偏偏腦袋。「你說過，這是你的地盤。」

「好啦，好啦！」折磨笑道，聲音猙獰濡濕，就像乾嘔的咳嗽。「可是妳可能不會喜歡自己看到的。」

「給我看。」愛麗絲說。

折磨虛弱地揮揮腳掌。鏡子的表面轉黑，只剩下鑽塵般閃動的細小光點。愛麗絲意識到是星辰。一片片更深沉的黑暗化為了雲朵，緩緩飄過天際。接近鏡子底部的地方，是一片徹底的黑暗，最後有一小片明亮穩定的光逐漸飄入了視線。

是艘船，正在夜間的平靜海面上航行，明亮的航行照明大放光芒。他們太遠，讀不出漆在船首的船名，但愛麗絲三兩下就猜得到。

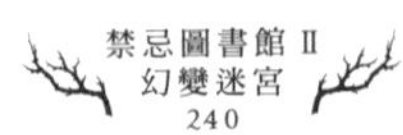

第二十六章 吉迪恩重現

一旦掌握了鏡子的視角，愛麗絲就明白，那個觀點——應該是伊掃的——正飛越天空，在吉迪恩的上方高處，正以高速前進。偶爾會有別的生物進入視線，並肩維持片刻之後，就會落在後頭。愛麗絲認得其中一些，會飛行的魚怪，就是學徒在斷橋上曾經對戰過的，還有一些巨型蝙蝠／蛾怪。還有其他的奇怪生物，匆匆一瞥看不清實際樣貌：有瞬間閃過的燦爛翅膀、帶爪肢體，或是烏賊般蠕動不停的觸角。令人挫折的是，鏡子的畫面一直鎖定向前的方位，船身越來越大了。

吉迪恩是艘造型漂亮的單煙囪蒸汽輪船，時髦地漆著灰、藍跟紅，船體上有明亮的黃條紋。圍欄上跟煙囪頂端都亮著電燈，在平靜的海面上只是微微搖晃。伊掃越飛越近，更多燈順著輪船四四方方的上層結構點亮了。船員眼睜睜看著讀者跟同行的嘍囉漸漸逼近，卻不曉得如何因應——輪船加速的時候，船尾濺起了更高的波浪，穿著白夾克的船員們在圍欄旁邊一字排開，難以置信地盯著眾妖怪從天而降、越逼越近。

乘客聽見呼喊，警覺狀況有異，不久便加入了船員的行列。幾十個穿著睡衣的男男女女從下層甲板蹣跚走上來，開始叫喊——愛麗絲很意外，透過鏡子，竟然聽得到他們的喊聲——他們要求知道出了什麼狀況。接著有個年輕女子瞥見來勢洶洶的陣仗，放聲尖叫，聲音劃過了群眾的喧囂。眾人抬頭望去，馬上愣住了，或驚奇或恐懼地瞪大雙眼。一個女人立刻昏厥，跌進身旁男人的懷裡；有個年紀比愛麗絲小的女生哭了起來。

只有一個人未露訝異之色。愛麗絲認出了父親，覺得喉嚨堵堵的。他推過群眾走到了圍欄前，即使穿著長睡衣，模樣也比一身制服的船員更鎮定、更能控制情勢的樣子。輪船航行揚起的風扯著他的頭髮，衣袖狂亂翻飛。

伊掃往下降，最後跟圍欄齊平，懸浮在距離輪船只有幾碼的海面上。他上方，那些負責護駕的生物散布開來，在輪船甲板上方振著翅膀，在星辰或煙囪燈光的陪襯下，除了輪廓之外，大半隱而不見。

「哈囉，克雷頓先生。」伊掃說，他的聲音聽起來刺耳而古老，就像舊約聖經的先知用來宣布律法的嗓音。「你早該考慮我的提議的。」

「誰管你的提議，」愛麗絲的父親說，「不管你帶多少怪物來，都無所謂，答案還是一樣。」

「幸運的是，」伊掃說，「我再也不需要你的合作了，我只要把這艘船拆了，就可以找到我想要的東西。」

「不！」愛麗絲的父親猶豫了，甲板上的其他人似乎都聽不懂讀者在說什麼，不

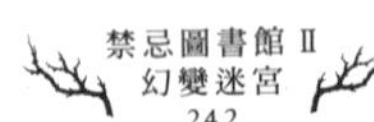

過他們看到那場對話，四周的人馬上退避，他周圍形成了一個偌大無人的圓圈。有些乘客逃回下層甲板，或是逃往輪船的另一邊。更多孩子驚恐地放聲哭號。

「這些乘客跟這件事一點關係也沒有。」愛麗絲的父親說，「聽著！愛麗絲——她不在這裡！我發誓！」

「我覺得不大可能，」伊掃說，「你向來這麼小心保護她，我懷疑你並不會就這樣把她丟下，可是不管是哪種狀況，我都最好確定一下。」

「她不在這裡！」愛麗絲的父親狂亂地四下張望，「如果你來是要抓我，把我帶走。必要的話，殺了我，這裡的其他人不該跟著受苦！」

「克雷頓先生，我怕有點太遲了，」伊掃說，「你上船之前就該想清楚的。」

讀者打個手勢，巨大的黑觸手從水裡噴射出來，有如橡皮柱子筆直往上升起，接著往下蜷曲，緊緊繞住輪船，壓垮圍欄，扭曲的金屬發出尖響。甲板嘎吱呻吟、爆裂開來，窗玻璃整個粉碎。愛麗絲聽到開槍般的喀啦響，幾位勇敢的船員對著那個怪物開槍，但是就像用彈弓往大象身上投石子一樣，效用微乎其微。

「你真可惡，」愛麗絲的父親說，「可惡透頂！」

「好了，好了，克雷頓先生，」伊掃說，「我已經很客氣了。」

又一聲喀啦，比手槍更響亮，同時爆出一陣亮光。那道閃電般的燦爛白光讓蝙蝠／蛾怪的輪廓一時顯現出來。蛾怪爆成火球，皺縮起來，最後摔入海裡。

伊掃仰起頭的時候，視角跟著移動。天空在幾分鐘以前一片清朗，現在卻有一團黝暗的雷雨雲，裡面持續射出陣陣閃爍的電光，從裡頭映亮了雲團本身。有個幽暗人影懸浮在狂風暴雨的最前方，一道道瘋狂閃射的電光襯出了他的輪廓。

「早該知道的！」伊掃吼道，壓過狂風的怒吼。

他往上升起，到了輪船上方，幽暗的身影湊得更近了。

「你怎麼老愛管我的閒事！」伊掃說。

「這種機會好到無法錯過，」幽暗身影說，「可以把你誘出藏身的地方，這可是很難得的事啊。」

「我很感謝有這機會可以永遠把你毀了。」

一道閃電劃過兩人之間。短短一瞬裡，燦光照亮了暗影籠罩的人形，那張臉烙進了愛麗絲的視網膜，是她熟悉的臉龐。

傑瑞恩。

伊掃俐落地打了手勢，四周那群生物向上朝著另一位讀者飛去。更多電光閃出來攔截牠們，耀眼白光形成籠子一般的屏障。傑瑞恩在籠子後方舉起雙手，身旁的雷雨雲組成一個長著利牙的龐然大口，細細的液態電光噼啪作響，成了牙齒。那張嘴撐得好大，彷彿深吸了口氣，然後吐出一團銀白火焰，朝著伊掃湧來。

伊掃加以回擊。更多生物冒了出來，一個比一個怪，或是振著翅膀飛行，或是凌空爬行或悄悄走進，目標全都對準傑瑞恩。傑瑞恩以一道道電光回應牠們的進擊：一陣陣噴射的熱火、一股股利如剃刀的強風，還有徹底黑暗的光束，只要被這種光束碰到，就會整個解體。

這就像古老傳說裡眾神間的戰役，這種規模的魔法遠超過愛麗絲的理解。可是她的視線被其他事情吸引了。

在下方，吉迪恩正在燃燒，交戰雙方卻毫不理會。

「我的主人被迫撤退，」折磨說，「他稱之為『暫時的挫敗』。事後，傑瑞恩就得到妳了，我想，戰利品歸勝利者所有。」迷陣怪又發出濕答答的竊笑。「伊掃很生氣，就派維斯庇甸試著去——」

「那部分我知道。」愛麗絲厲聲說。

她突然明白，為什麼這麼多人——終結、灰燼、黑先生，甚至是折磨——對讀者會忿忿難平。讀者他們就像……就像小孩，在蟻丘頂端扭打，根本不在乎腳下踩扁了誰，他們根本想都不會想！

他是個讀者，終結跟她說過，他的魔法奠基在殘酷跟死亡上。

「夠了，」龍的語氣幾近溫柔，儘管深沉又威力十足，「再見了，兄弟。」

「等等！」愛麗絲喊道，折磨在龍的爪子底下無助地蠕動，「你不能——」

響起骨頭斷裂的喀啦聲，龍爪尖端穿透狼喉，濃稠黑血湧了出來。片刻之後，折磨開始蒸發，鮮血跟一切都化為一陣毒煙，眨眼就消逝不見。

長長幾秒過去了，愛麗絲努力穩住自己的情緒，最後終於開口：「你殺了他？你兄弟？」

「不，」龍說，「要永遠毀掉迷陣怪得花更多力氣，這樣說好了……我們會有一陣子不會見到他。」

「噢。」

愛麗絲走向那面鏡子，鏡面已經變回了銀色，她伸出一手，指頭觸摸著涼爽的玻璃。她閉著雙眼，久久佇立在原地。

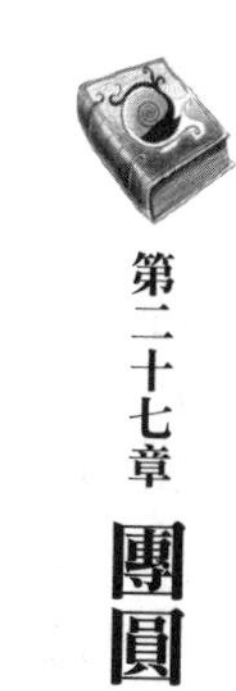

第二十七章 團圓

半晌之後，她感覺到溫暖乾糙的重量，是龍的尾尖繞住她的肩膀。

「愛麗絲，」龍說，「我很遺憾。」

「謝謝你幫了我，」愛麗絲說，「我本來以為……」她搖搖頭，雙臂緊抱胸前。「以為我就要死了。」

「妳可能會，」龍說，「妳很有天賦，可是身為讀者，妳才剛起步。讀者召喚生物的時候，必須靠自己的能量來支撐，才能將生物從囚禁書的世界召進這個世界。生物越強大，讀者就需要花越多能量，妳的能量不足以召喚我，企圖這樣做只會害自己解體。」

愛麗絲細聲說：「所以發生什麼事了？」

「我用自己的力量……來補足能量的差距，可以這麼說。我付出了不少代價。受到囚禁時，要重新填補自己的力量，是相當困難的事。」

「噢，」愛麗絲眨掉眼淚，「對不起。」

「不，妳當時別無選擇，而且折磨需要……有人來應付。不過，這表示我會有好一陣子都沒辦法用這種方式現身了，也許要滿長一段時間，連跟妳說話都會很吃力。我會……陷入沉眠，可以這樣說。」

「我不……我不希望那樣。」愛麗絲握住龍尾，貼在臉頰上。她突然覺得很親近這個長著昆蟲黑眼、身形龐大的異種生物，因為他對她說話的態度——既不會多愁善感，也不會高高在上，是跟她平起平坐的。她覺得淚水再次刺痛眼睛。「可是我需要你幫忙，我還是要找我父親。」

「愛麗絲……」龍說。

「折磨有沒有可能在魔鏡裡……說謊？」

「不，在這裡不會，對我說不了謊。」

「那麼船真的沉了，」愛麗絲雙手握拳，「一定還有別的，他們其中一個可能把他吸進書裡，或是有什麼生物抓走他，或是……」

她越說越小聲。不可能的，不可能是那樣，這個世界不可能一路帶她到這麼遠的地方來，熬過重重險境，最後卻是這種結局。在一個滿是魔法的地方——有簇仔、讀者以及會講話的貓——一定有什麼出路，非得有不可。

「愛麗絲，」龍柔聲說，「伊掃或傑瑞恩會有什麼動機這麼做？」

「我不知道！」愛麗絲說，「傑瑞恩騙了我，他一直在騙我，誰曉得他真正的打算是什麼？」

龍把腦袋繞到她前方來，她可以看到自己的身影反映在他那三顆暗色眼珠上，三個迷你的憔悴女生正回盯著她。

「一定有什麼，」愛麗絲用細微的聲音說，「要不然……這一切有什麼意義？任何事情還有什麼意義？」她長長地吸了口氣，強忍淚水。「我現在該怎麼辦？」

龍靜默了良久。愛麗絲可以聽到他呼吸的噗呼聲，就像龐大的風箱。

「我可以告訴妳很多做法，」他終於開口，「可是如果我告訴妳了，我就跟其他人一般見識了，他們全都想把妳當成工具，遂行自己的目的。妳到囚禁書裡跟我決戰那次，還記得嗎？」

她發出空洞的笑聲。「不可能會忘記。」

「我為什麼向妳屈服，而不奮戰到最後，妳知道嗎？」

她搖搖頭。

「我原本以為妳是聽我姐妹的指令才過來的。她習慣利用周遭的每個人，遂行自己的計畫，不管對方知不知情。就這點來說，她沒比傑瑞恩好到哪裡去。不過妳……我覺得妳不會受到利用，我覺得妳不會讓自己受到利用。妳有資格擁有機會做出自己的選擇、走出自己的道路。事實上，我相信妳就是會這麼做，不管終結、傑瑞恩或其他人有什麼意圖，妳一定要做妳相信對的事。」

「對的？」愛麗絲說，「要是我沒辦法確定什麼是對的呢？」

龍的臉文風不動，但愛麗絲認為他的語氣流露出一絲笑意。「那我們又有誰能？」這件事情想來很花腦筋，而愛麗絲又太累了。她覺得自己整個被榨乾，被挖掉了核心，就像榨完汁剩下的果皮。

「現在，」她說，「我只想回家。」她意識到自己指的是圖書館大宅。她在三樓的小房間，天花板有裂縫，枕頭上有讀了一半的書，還有兩隻禿毛兔子在窗邊默默站崗。她搖搖頭，抵抗疲憊。「可是還有其他人，我必須回去找他們。」

「對，那麼就先再見了，我們有段時間都不會見面。總有一天，妳會成為力量強大的讀者，憑著自身力量就足以召喚我，讓我屈服於妳的意志。」龍把頭一偏。「我希望當那天到來的時候，妳會記得……這樣的時刻，就是當妳受制於他人的時候，其他讀者恐怕早已忘卻這樣的事。」

「我會的，」愛麗絲爬起身，聳肩抖開龍尾，「謝謝你。」

龍的黑舌從齒間閃出，嚐了嚐空氣的滋味。「祝妳好運。」

接著，一股強烈氣流湧現，塵埃隨之飛轉盤旋，這個龐大的生物消失不見了。

愛麗絲很高興地發現，龍的消失並未奪走她操控迷宮的能力。但折磨的缺席恍如織布上的大破口，沒有他的力量來維持這個扭轉折疊的空間，迷宮正在解體當中。一時之間，它還算堅固，愛麗絲可以閉著眼睛，將一個門口拉進這個儲藏室，然後將門口連向寶座室。

在穿越之前，她環顧四周靠牆堆積的廢物。有些可能價值不菲，或是具有魔力，或兩者皆是，可是她就是無法下手翻找那些東西。她轉身背對那些東西，穿越空間，讓路徑在她背後關上。她抵達寶座室時，有人正在爭論。

「——妳的身體狀況不夠好，不適合那樣，」艾薩克說，「即使牠們都走了，也不表示折磨已經離開。」

「我們總不能呆呆坐在這裡，什麼都不做吧。」是黛克西的聲音，愛麗絲的心一跳。「愛麗絲姐妹有危險，我們一定要去幫她。」

「她說得對，」索拉娜悄聲表示同意，「要是她，也會來找我們的。」

「我知道，」艾薩克說，「我會去，可是妳們兩個應該待在這裡——」

「嗨，」愛麗絲說，「嗨。」

艾薩克連忙轉身，外套飛揚起來。「愛麗絲？」

「嗯，」愛麗絲說，「我——」

他朝她快步衝來，手臂狠狠摟住她，讓她一時措手不及。愛麗絲一時站得筆直，不確定該怎麼反應。接著她放軟身子，雙手試探地抓住他的肩膀。

「我還以為……」艾薩克在她耳畔低語，「我以為妳也丟下我，自己死了。」

「我沒事，」愛麗絲只想到要這麼說，「真的，我沒事。」

他往旁邊一站，用袖子抹抹眼睛。可是擁抱顯然是當天的風潮，黛克西輪到下一個。她半邊臉上浮現了可怕的紫色瘀青，走起路來一跛一跛，可是除此之外，跟折磨短兵相接似乎沒讓她受到更多傷害。她用手臂環抱愛麗絲，愛麗絲不確定黛克西身上哪裡有傷，只敢輕輕回抱。

「我一直在擔心妳，」愛麗絲說，「折磨輕輕鬆鬆就刺死了史百克，他攻擊妳的時候……」

「卡里亞堤把我保護得很好，」黛克西邊說邊往後抽身，「我剛剛正在跟艾薩克兄弟說，就那方面來講，這場任務比大部分的任務都成功。」她舉起手臂，曾經被截斷又接回的地方有一圈傷疤。「畢竟我還是完整的！」

愛麗絲忍不住微笑。

黛克西往後退開，露出了索拉娜。索拉娜雙手收在背後，彆扭地站著。她沒把握地望著愛麗絲，愛麗絲跨步向前，也擁抱了她。

「出了什麼事？」艾薩克越過索拉娜的肩膀說，「折磨呢？」

「走了，」愛麗絲說，「被驅逐了。」

「妳——」他搖搖頭。「妳是怎麼辦到的？」

「說來話長，」愛麗絲說，「我想我們最好先離開這裡，免得到時得走很遠的路。」

她朝著正在解體的迷宮織布伸出觸角，折了一條長路徑，從寶座室通到入口書那

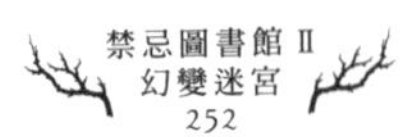

裡。冷空氣竄過門口，從外頭湧了進來。接著她回頭瞥瞥高台，就是雅各曾經跌下的地方。現在那裡有點什麼閃著亮光，是冰凝結而成的三角錐。

艾薩克隨著她的視線望去。「我把他冰封起來了，」他說，「應該可以撐一陣子。等我們主人來清理這個地方的時候，我一定會要他們把他帶回來給我，他有權得到這種待遇。」

愛麗絲嚥嚥口水，點了點頭。她帶頭走出門外，透過折疊空間的妙招，越過了整座堡壘，回到了他們最初的起點。

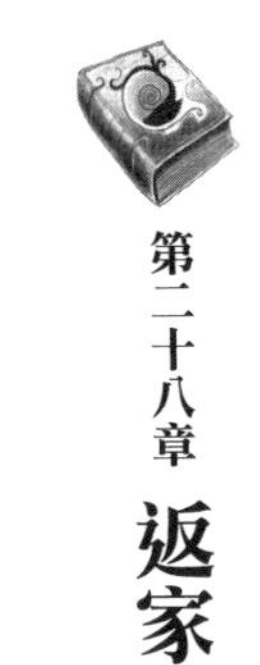

第二十八章 返家

一時片刻，穿過扭曲視線的門口，就可以從寶座室直接抵達堡壘邊緣的那道孤獨長橋。他們全都穿過之後，愛麗絲就放開了織布，一行人再次回到了當初進來的圓形小平台。石架上放著入口書，可以回到設有正門的洞窟，也就是他們最早離開的地方。

外頭比主樓寒冷，愛麗絲摟住自己，抵擋從深淵竄上來的呼嘯狂風。四個學徒走到那本書那裡，肅穆地低頭看著。

「妳會好好的吧，索拉娜？」愛麗絲說，有個想法一直糾纏不去，「妳說過，如果妳讓自己受到『不潔念頭的汙染』，妳主人會生妳的氣。」

索拉娜淺淺一笑。「我想我不會有事的。我現在明白，她對我的需要超過我原本相信的。畢竟，我們那群人裡面只剩我一個了。」她聳聳肩。「她問我事情的經過時，我就選她想聽的告訴她。」

「謝謝妳，索拉娜姐妹，」黛克西說，「要不是有妳，我們是不會成功的。」

愛麗絲猶豫一下。「我想那就再見了。」

「嗯。」索拉娜對艾薩克點點頭，接受黛克西的擁抱，「不過我想，我們會再見面的。」

「希望嘍。」愛麗絲說。

索拉娜垂下視線，可是卻逐漸綻放笑容。她轉身將書翻開。眨眼間，她就消失了。入口書的紙頁一時間噼啪散放亮光，然後砰地合了起來。

「至於我呢，」黛克西說，「我也有信心，我們會再見面的，愛麗絲姐妹跟艾薩克兄弟。我會卜卦看看是什麼時候，然後滿懷熱忱地等待那天到來。」

「謝謝妳做的一切。」愛麗絲說。

黛克西漾起笑容，活潑地一揮手，然後往前走向那本書，片刻之後也消失了。

愛麗絲斜瞥著艾薩克。他的臉龐向來削瘦，現在簡直就是皮包骨。

「你還好嗎？」她壯膽一問。

「不好，」艾薩克低語，「我不好，妳呢？」

「不好，伊凡德的事……我很遺憾。」

「我就在場。」艾薩克雙手緊握成拳，然後猛力塞進外套口袋。「我就在場，卻束手無策。」

愛麗絲想到折磨囤藏的那面魔鏡，感同深受地默默點頭。「我……」

她猶豫一下，他把頭一偏。愛麗絲深吸一口氣。

「我來這裡，」她說，「是為了找我父親。」

艾薩克沒把握地看著她，愛麗絲講起了來龍去脈。她從來不曾像這樣，跟任何人講述整件事，從妖精出現在她家廚房，到突襲維斯庇甸，還有她迫切希望可以在伊掃堡壘的某個地方查出解答。她在這世上沒有其他人可以傾吐，沒人清楚她跟終結之間的協議真相，也沒人曉得在《龍》裡發生過什麼事。整件事講下來超過她原本預期的時間。

愛麗絲講到跟折磨正面對峙，自己差點性命不保，艾薩克聽得瞪大了雙眼。她用力嚥嚥口水，再接再厲，描述魔鏡裡的場面，還有吉迪恩輪船上方的那場戰役。她講到最後，聲音哽咽起來。

「為了船上的其他人，我父親……挺身投降，他知道會有什麼結局，可是伊掃跟傑瑞恩……」

愛麗絲搖搖頭，緊緊閉上眼睛。從有人通知她父親的死訊以來，她從來不曾放任自己哭泣；你哭泣是為了真正過世的人，但她從不相信父親已死。她現在淚流滿面，止也止不住。

她感覺艾薩克用雙臂將她摟進懷裡，緊緊抱住，她把頭靠上他的肩膀。

「我現在該怎麼辦？」她低語，「我是來這裡找他、救他的，現在卻……」

艾薩克往後抽身，她發現自己跟他四目交接，看到對方的眼神裡映出了她自己的痛苦。

「抱歉，」她說，「對你來說也一樣吧？」

他點點頭。

「我覺得我什麼也不剩了，」愛麗絲說，「接下來怎麼辦？」

「我不知道，」艾薩克說，「可是我們還活著，妳跟我，這就很了不起了。」

一陣長長的寧靜時刻過去了。艾薩克突然意識到兩人距離有多近，鼻子差點互碰，他臉一紅，尷尬地往後退開一步。

「妳打算怎麼跟傑瑞恩說？」他頓住半晌之後說。

「我不曉得，」愛麗絲覺得有什麼新的感受在內心汩汩湧上，那種熱燙明亮的怒意截穿了罪惡感跟殤慟。「他騙了我，他一直在騙我。他跟伊掃害死了我父親，他們甚至沒有那個意思，竟然……竟然只是一場意外！」她抬頭看著他，眼睛裡冒出了新的火光，「還有你主人艾納克索曼德，送你哥哥來這裡受死，對吧？他把伊凡德當寵物那樣交易，我們不能就這樣讓他們逃過責任。」

「『逃過責任』？」艾薩克一臉驚愕，「他們是老讀者，我們的主人，我們還能怎樣？」

「我會想出什麼的，我會找出什麼的，」她面帶疑問瞅著他，「到時你願不願意幫我？」

「我……如果我有能力的話，」艾薩克搖搖頭，「小心點，愛麗絲，我不希望妳最後落到……雅各那樣的下場。」

「我不會的，我保證。」愛麗絲深吸一口氣，環顧空蕩蕩的平台。「我們該回去了。」

「下次見到妳的時候，可能是另一場任務，就像這次。」

「也許吧。」

「如果我們到時是敵對的兩方呢？」艾薩克不自在地挪挪身子，「我想我沒辦法出手傷害妳，愛麗絲。不管我主人要我怎樣，要是他派我們兩個彼此對戰，我會……」

「我們會想出辦法來的，」愛麗絲勉強一笑，「我們向來都可以。」

艾薩克虛弱地笑笑，點了點頭。他翻開入口書，回頭一望。

「我很高興妳來了。」他說。

然後，在她還沒答話以前，他就垂眼看著書，然後平空消失了。亮光一閃，書就啪地自行關上，只剩愛麗絲一人。

她等了幾分鐘，回首望向伊掃堡壘散放的那群光點。回去，就表示要面對傑瑞恩，她不確定自己準備好了。她用心念抓力握住通向龍的黑線，嘆了口氣。**我真希望……**

可是她渾身汙穢、飢腸轆轆，而且疲憊不堪。她回頭面對入口書，翻了開來，透過閱讀讓自己穿越並回到了洞窟。然後，召喚惡魔魚過來借點光，找回了標示著**傑瑞恩**的圓石，小本書就擱在岩石頂端。她深吸口氣，打開來讀道：

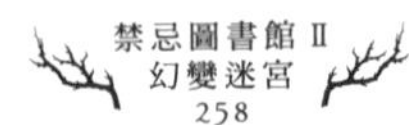

「歡迎回來，愛麗絲，」傑瑞恩說，「我們正開始擔心……」

她正站在傑瑞恩書桌前方，就在他的書房裡，垂眼看著入口書。傑瑞恩伸出手，小心將書拿起來，收回了正方金屬盒子裡。

「我去了多久？」愛麗絲說，聲音感覺很粗糙。

「將近三天，我相信妳已經成功完成了任務？」

愛麗絲抬頭望著傑瑞恩的笑臉。他看起來幾乎跟之前一樣——就跟她在魔鏡裡看到的相同——可是她認為自己感應到了某種變化。他眼睛周圍有點什麼，一絲懷疑的神色從他慈祥的外表洩漏出來。還是說，**變的人其實是我？**

「是的，先生，」她用公事公辦的語氣說，「雅各死了，其他學徒沒人偷走堡壘裡的任何東西。」

「很好，很好，我想那裡一定有不少東西等著清理。」

「是的，先生，有不少。」

「時候到了我們自然會處理。妳表現得不錯，一定累了，細節我們晚點再談。」

「謝謝你，先生，」愛麗絲說，「我要去休息了。」

她客氣有禮地對傑瑞恩點點頭，轉身離開書房。耗盡體力的壓力突然變得很有壓迫感，她關上門，倚在上頭片刻。

她沒注意到艾瑪，直到艾瑪用托盤端著水壺跟三明治盤到了她跟前，艾瑪靜得有如固體鬼魂。

「給我的嗎？」愛麗絲說。

艾瑪點點頭。

「請拿到我房間，然後回來這裡。」愛麗絲說。女孩馬上大步登上樓梯，等愛麗絲覺得自己的腿有力氣爬樓梯時，才跟了上去。爬到三樓對身上的疼痛跟瘀傷來說，簡直是場酷刑。她在伊掃堡壘的走廊裡衝刺，被狼群狂追的事，彷彿是一千年前的事了。艾瑪送完托盤，在階梯上路過她身邊，回到樓下等待進一步命令。

灰燼在愛麗絲門外蜷成了緊緊的球。她穿過走廊的時候，他起身在她面前來回穿梭，彷彿等著被誤踩。

「終於回來了！」貓說，「狀況不可能太糟吧，妳的手腳都還在耶！」

愛麗絲沒心情聽灰燼耍幽默，而且那個評語只是讓她想起黛克西碰到鱷魚的那場意外，她理也不理就走過他身邊。

「愛麗絲，」灰燼追著她，「等等，愛麗絲！」

一時之間，她很想狠狠甩上門，但她生氣的對象其實不是灰燼，於是留了個門縫，片刻之後，他的腦袋探了進來，臉上有貓咪那種等著挨打的煩悶表情。

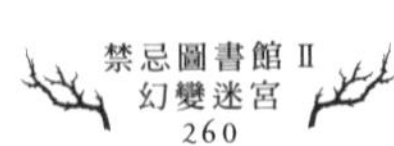

「妳還好吧？」他說，「真的有那麼糟嗎？」

「我沒事，」愛麗絲說，雖然她不確定那是實話，「只是……很辛苦。」接著，看到灰燼垂下耳朵時，她又補充：「不過，老實說，我沒事，只是……非常累。」

「好吧。」灰燼說，語氣依然半信半疑。

「等早上再聊。」愛麗絲說。

「現在就是早上。」

「那就等晚上或明天，就看我什麼時候起床。」

「好吧，」灰燼說，「我會跟母親說妳平安無事，她聽到會很高興的。」

我敢打賭她會。愛麗絲還不知道該怎麼看待終結，也還不曉得要跟終結透露多少事情，**晚點再說吧**。

灰燼退出房間，愛麗絲把房門關牢。她從托盤上拿起冰水罐，咕嚕灌下不少，然後逼自己吃一個三明治。之後，雙眼就不由自主閉上了，頂多只能勉強踉蹌走到床邊，然後睡意就像溫暖蓬鬆的毛毯一般，整個裹住了她。

第二十九章 如果妳辜負了我們

傑瑞恩正在奔跑，八字鬍凌亂不堪，長袍在身體周圍翻飛。他就在複雜的磚牆裡面，牆壁比人還高，標出了窄廊、轉彎跟交叉口，就像小孩智力測驗遊戲書裡的迷宮，只是按照實體大小打造而成，他磨舊的拖鞋啪啪刮過腳下的圓石。

「妳不知道妳在幹嘛！」他吼道，「我們會為了這件事毀了妳，到時候妳絕對逃不了！」

愛麗絲用眨也不眨的黑眼望著他。她強壯無比，體型巨大，擁有六條腿，身體有鱗片盔甲層層保護。她就是龍。她聳立在迷宮牆壁上方，往前跨一步，磚塊就在她的爪下嘎吱爆開。

「妳最好乾脆放棄！」傑瑞恩說，聲音跟模樣一樣細小可悲，沿著磚砌廊道疾奔，大大的肚腩隨著每個步伐上下彈動。「妳對付不了我的！」

愛麗絲竊笑，聲震四方、中氣十足。她又往前跨一步，輕鬆越過了傑瑞恩要花好幾個鐘頭才走得完的廊道，一腳往下踩向逃逸讀者的背後。他聽到石牆崩塌的聲音，就跳進了空中，然後加快跑速，氣急敗壞在迷宮裡彎來拐去，急著逃離她身邊，但是

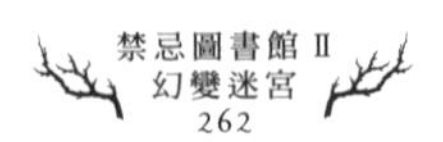

徒勞無功。每次他試著逃跑，迷宮就把他轉回來，無情地將他帶向愛麗絲等待的地方。

「我警告妳！」傑瑞恩咻咻喘息，急著換氣，「妳有最後一次機會回心轉意。」

「你騙了我。」愛麗絲隆隆說，聲音嗡嗡震得腳邊一堆堆殘瓦碎礫跟著跳動。「你竟然讓我父親死了，你眼睜睜看著這件事發生。」

「那又怎樣？」傑瑞恩惱怒，嘴角下垂，「反正他總會死的，一點差別也沒有。他不是我們當中的一個，他無所謂。」

「閉嘴！」愛麗絲怒吼，往前撲襲。龍的巨爪各據傑瑞恩的身體兩側，龍身前傾，直到陰影整個罩住讀者。「你不曉得什麼才有所謂，除了自己，你誰也不在乎，你活該……」

「什麼？」讀者一臉害怕，「妳打算怎樣？」

愛麗絲吃了他，嚐起來甜甜的，就像口感黏黏的軟糖。她若有所思嚼了幾下，最後嚥了下去。

「怪物！」有人吼道，「妳是怪物！」

她環顧四周，巨大的身體蜷了起來。迷宮不見了，眼前變成了城市街道。她父親獨自站在人行道上，穿著她在魔鏡裡看過的長睡衣，用顫抖的手指對著她。

「不，」愛麗絲說，「父親，是我，你不明白。」

「殺了牠！」她父親彎身撿起一顆石頭，朝她使勁拋去。石頭打中了她臉，儘管

身形巨大也有鱗片盔甲，那個衝擊還是讓她好痛。「來人啊，幫幫我！」

一小群民眾逐漸聚集，有她的家教老師圓柏小姐，還有她父親的下屬庫柏。律師波沃希先生也在，還有每次來送件都會跟她打招呼的郵差、卡內基圖書館館員、在中央車站販售她最愛糖果的男人，以及更多張她叫不出姓名的面孔，那些人都是傑瑞恩進入她生活、扭轉她生活軌道以前的歲月裡所認識的。現在他們全都忙著抓石頭丟她，她在陣陣石頭攻擊之下縮起身子。

「等等！」她喊道，「父親，是我啊，是愛麗絲，拜託！」

她恍然大悟，是因為她的外型還停留在龍的模樣。她急忙摸索內心的線，試著將通往龍的那條黑線解開，恢復原本的人形。但她的心念抓力卻滑了開來，彷彿線的表面結了層冰，不管她多努力嘗試，就是控制不住龍線。

「殺了牠！」她父親尖叫，「殺了牠！」

愛麗絲號啕大哭，轉身逃跑，一陣石雨追著她襲來。

她睜開雙眼，夕陽的輝光將她房間染成了橙紅。窗邊的老玩具在地板上灑下了巨大的兔形陰影。愛麗絲靜靜躺臥片刻，吃力呼吸，彷彿那場夢境的殘餘還在她腦海裡打轉不停。

父親……

她小心翼翼坐起身，把雙腳滑出床外，疼痛的肌肉讓她扭歪了臉。她甩不掉夢境裡父親的臉龐。父親的臉龐扭曲，倒不是因為恨意或怒氣，而是更糟的東西，是不以為然嗎？還是失望透頂？

愛麗絲永遠也想不到自己會是個想報仇的人。故事裡有時會有這種情節，某個老國王被什麼壞蛋毀了，英勇的王子發誓，如果沒把該負責任的一方繩之以法，絕不善罷干休。通俗廣播劇裡的英雄總是一心想為女友復仇，或是為邪惡罪犯的無辜受害者報仇，愛麗絲總是覺得那樣有點蠢。畢竟，復仇沒辦法把受害者帶回來，也無法幫助受害者的親人遺忘，除了平添一樁不幸的悲劇之外，什麼作用也沒有。

不過，她現在懂了。她看著鏡子播出影像時，看到傑瑞恩跟伊掃互相征戰，隨手毀掉了她的一生，她心裡那種冰冷的無助感。想到傑瑞恩也許可以逃過責任，怒氣便像膽汁一樣，從胃裡湧向喉嚨後側。要是她沒看到那些影像，出完任務回來，可能依然蒙在鼓裡，然後在這男人家裡過完學徒生活，但這男人對她造成的傷害，遠勝過任何活在世上的人。

既然她現在知道真相了，她不能毫無作為，就是不能。怒氣會在她內心不斷累積，永遠下去，直到毒害她為止。每次她只要看到傑瑞恩，那些影像就會在腦海裡重現：電火紛紛襲向吉迪恩的畫面，我怎麼可以什麼都不做！

他必須負起責任，不管用哪種方式，他就是得要。

她可以感覺到父親投射過來的目光，感覺彷彿只要轉過頭，就會看到他的臉，看到他不以為然地皺起眉頭，他不會喜歡的。

愛麗絲坐著，久久陷入沉思。夕陽從橙光轉為深紅，最後變成黑暗，此時她明白自己已經做好決定。

她父親不會喜歡的，但她父親過世了，而她將會報仇。

謝詞

向這批嫌疑慣犯至上最深感激：

感謝我的經紀人 Seth Fishman 一直這麼棒，也感謝 Gernert Company 公司的其他每個人 Will Roberts、Rebecca Gardner 以及 Andy Kifer 一直這麼棒，另外也要感謝在另一塊大陸上也這麼棒的 Abner Stein 公司的 Caspian Dennis。

感謝 Elisabeth Fracalossi 這個長期付出心力、吃苦耐勞的首位讀者。

感謝我的編輯 Kathy Dawson，謝謝她提供的意見，我對自己打算投入的文類如此無知，她容忍我，下了不少功夫來教育我。也感謝她的助理 Claire Evans 的盡心盡力。

感謝 Alexander Jansson 令人驚豔的封面跟藝術作品。

感謝所有付出關懷與努力、讓本書成真的辛勤人們。

最後，當然還要感謝每一位閱讀《禁忌圖書館》並幫忙口耳相傳的讀者、書商、圖書館員跟父母。沒有你們，我是辦不到的。

THE FORBIDDEN LIBRARY
禁忌
圖書館
Ⅲ 玻璃宮殿

{ The Palace of Glass }

這次，愛麗絲所面對的威脅，將同時來自圖書館的內與外。
在終於搞清楚傑瑞恩伯伯在父親失蹤上扮演關鍵角色之後，她轉而向終結求援，想找出能剝奪傑瑞恩法力的咒語。但終結看似無所不知，卻也擅於隱藏祕密，愛麗絲雖然得到了咒語，卻無從得知事實的全貌。她不知道的是，一旦用終結的咒語困住傑瑞恩之後，就再也沒有人能夠阻擋其他讀者派學徒來掠奪傑瑞恩的圖書館。面對其他虎視眈眈的讀者們，愛麗絲將竭盡所有可以找到的力量來阻止其他讀者聯手發動的攻擊。她向過去認識的學徒朋友，甚至是監禁在傑瑞恩圖書館裡的魔法生物求援。但問題是——她不知道自己可以信任誰……

——2016年10月上市 敬請期待——

國家圖書館出版品預行編目資料

禁忌圖書館Ⅱ幻變迷宮/ 謙柯・韋斯樂Django Wexler著；謝靜雯 譯. -- 初版. -- 臺北市：皇冠, 2016.6 面；公分. --
(皇冠叢書;第4552種 JOY 191;)
譯自 :The Mad Apprentice
ISBN 978-957-33-3236-7(平裝)

874.57 105007404

皇冠叢書第4552種
JOY191

禁忌圖書館Ⅱ幻變迷宮

The Mad Apprentice

作　　者—謙柯・韋斯樂
譯　　者—謝靜雯
發 行 人—平雲
出版發行—皇冠文化出版有限公司
台北市敦化北路120巷50號
電話◎02-27168888
郵撥帳號◎15261516號
皇冠出版社(香港)有限公司
香港上環文咸東街50號寶恒商業中心
23樓2301-3室
電話◎2529-1778　傳真◎2527-0904
總 編 輯—龔橞甄
責任主編—許婷婷
責任編輯—平　靜
美術設計—王瓊瑤
著作完成日期—2015年
初版一刷日期—2016年6月
法律顧問—王惠光律師

如有破損或裝訂錯誤，請寄回本社更換
讀者服務傳真專線◎02-27150507
電腦編號◎406191
ISBN◎978-957-33-3236-7
Printed in Taiwan
本書定價◎新台幣280元/港幣93元